The Apprentice Blacksmith of Level 596

# レベル596の鍛冶見習い

Terao Yuki

寺尾友希

Illustration

うおのめうろこ

登場人物紹介
テリテ
熊の獣人。
ノアの家の隣に住んでいる、
頼りがいのある農家の主婦。
???
ノアのことをよく知る
謎の美女。
その正体は……
ノマド
ノアの父で犬の獣人。
『神の鍛冶士』という
称号を持つ。
腕はいいが
生活能力が皆無。
ノア
14歳の犬の獣人。
凄腕鍛冶士の父に憧れ、
見習いをやっている。

伝説の勇者パーティ
マッセイ
サイの獣人。
ほとんど喋らない重剣豪。
マツ翁と呼ばれることも。
ジェラルド
牛の獣人。
デントコーン王国の国王。
ノアにとっては叔父にあたる。
ルル
リスの獣人。
ノアのことを可愛がる
大賢者で、ララとは双子。
ララ
リスの獣人。
ノアのことを可愛がる
大盗賊で、ルルとは双子。

## 01　オイラの日常は異常なようです

「父ちゃん、鍛治《かじ》ギルドから依頼が来てるよ。攻撃力５００以上の、鋼《はがね》の片手剣五つだって」

「へっ、この俺が、そんなナマクラなんざ打てるかよぉ」

「そんなこと言ったって父ちゃん、ここんとこ全然仕事してないじゃないか。二か月前の、ジェルおじさんの依頼が最後で。酒飲んでばっか」

「……オムラよぉ、なんで死んじまったんだよぉ……」

「ああ、ダメだ、寝ちゃった」

かろうじてこちらを向いていた茶色い犬耳がくたりと垂れて、こたつ布団の上に黒いぐい呑みが転がる。赤い顔をしていびきをかき始めた父ちゃんの肩へ、オイラはため息交じりにそのへんに丸まっていた褞袍《どてら》を被《かぶ》せた。

もうすぐ春とはいえ、まだ寒い。

コタツで寝ちゃうのはいつものことだけど、犬の獣人のくせに、父ちゃんは寒さに弱いから……


オイラはノア。

鍛冶見習いの、十四歳。

父ちゃんと同じ、犬の獣人だ。チャームポイントは、垂れた薄茶の耳とふさふさしっぽ。垂れ耳は、犬の獣人の中じゃ人気が高いんだぞ……って、そんなことはどうでもいい。

問題は、父ちゃんだ。

父ちゃんは、『神の鍛冶士』とまで言われた、凄腕の鍛冶士だった。

……八年前、母ちゃんが死ぬまでは。

鍛冶の天才、と言えば聞こえはいいけれど、父ちゃんは鍛冶以外何も出来ないダメ人間だった。

最高の鉱石と素材（鍛冶に使うことで、攻撃力アップなどの効果が武具に付与できる特殊な魔物素材を、鍛冶士は単に『素材』と呼ぶ）、仕事場さえ用意すれば、神がかった腕で、伝説級の武器すら打てる名職人。その一方で、生活力は皆無。

鉱石や素材の仕入れ、ギルドや卸《おろ》し業者との交渉をしていた元冒険者の母ちゃんが死ぬと、いい鉱石を仕入れることも出来ず、悪質な素材を高値で掴まされた。さらには、倉庫にあった高価な素材や武器も二束三文《にそくさんもん》で騙《だま》し取られて、すっかり世を拗《す》ねて酒におぼれるようになっちゃった。

今じゃ、母ちゃんのパーティメンバーだった、ジェルおじさん、ルル婆《ばあ》とララ婆、マッセイ翁《おう》からの依頼しか受けない始末。

母ちゃんが死んだとき、オイラは六歳。

オイラが八歳になる頃には、倉庫はガランとして何もなくなって、酔《よ》いどれた父ちゃんの飲み代《しろ》や食費は、オイラがあちこちの雑用を手伝ってもらった小遣いや食料で賄《まかな》うようになっていた。

それと、たまに入る、ジェルおじさんたちからの依頼料。

でも、せっかく剣を打って、まとまったお金が入ったと思っても、こういう父ちゃんのことだから、騙されたり無駄遣いしたりおごったりして、すぐに無一文《むいちもん》に戻っちゃうんだけどね。人はいいんだよ、うちの父ちゃん。


父ちゃんが眠りながら抱え込むようにしていたぐい呑みを、ボロ布でぬぐって箱膳《はこぜん》の中へ片付けつつ、オイラはふと八歳の頃のことを思い出した。

何ヶ月も火の入っていない炉の前に座り、酔っぱらった父ちゃんがオイラに言う。

「ノア！　オリハルコン持ってこい！」

……たまに依頼が入ったと思ったら、これだもんね。

まぁ、父ちゃんには、鉱石や素材を仕入れる能力なんてないから、しょうがないんだけど。

「ないよ、そんなの!?　うちの倉庫が空《から》っぽなの、父ちゃんだって知ってるだろ？」

「最果《さいは》ての亀裂《きれつ》にでも行きゃあゴロゴロ転がっとるだろ」

「どこだよ、そのムチャクチャ遠そうなトコ!?」

「母ちゃんはよく行ってたぞ」

かくして、この日から、オイラの鉱石拾いと素材集めが始まった。

幸いにも、うちがあるのは王都・コーンハーベスタの外れ、『無限《むげん》の荒野《こうや》』のすぐ近くだった。

父ちゃんの言う、『最果ての亀裂』とかいうとこみたいに、オリハルコン鉱石がゴロゴロ、ってわけにはいかなかったけれど、鉄とか銅鉱石なら普通に落ちているし、何千回かに一回、たまーーーに石の魔獣が、アダマンタイトやオリハルコンを落とすこともある。

そう、魔獣。

王都の北側に広がる、『無限の荒野』と『竜の棲《す》む山脈』、『獣の森』には魔獣が出る。

魔獣を倒せば、当然、肉や素材が手に入るわけだけど……

ろくに武器もない八歳のガキんちょには、まーキツかった。

手には鍛冶場の隅《すみ》に転がっていた古い金槌《かなづち》、背中にはボロボロのリュック、装備は父ちゃんのお古の革エプロンに革の手袋、革のブーツ。鍛冶屋仕様で、火には強いのがせめてもの防御。ボロボロになって、せっかく拾った鉱石も素材も投げ捨てて、命からがら逃げ出したことも数知れず。

おかげで、魔法も戦闘スキルもゼロだけど、逃げ足だけは超～～速くなった。

まぁ、ある程度鉱石を拾えるようになって、自分で見よう見まねで剣を打つようになってからは、いくらかましになったけど。

もちろん、父ちゃんは、鍛冶なんて教えてくれない。ていうか、天才肌の父ちゃんは、人に教えるのが超下手。弟子が居ついた試しがないって、母ちゃんが嘆《なげ》いていたのを覚えている。母ちゃんが死んだ後、お弟子さんの一人でもいたら、違ってたかもしれないのにね。

そんなこんなで、自分でもよく生きてたと思うけれど、鉱石や素材集めもだいぶうまくなり、オイラは十四歳になった。あと一年もすれば成人だ。

……なんでかまだよく小さい子扱いされるけど、十四歳ったら十四歳。

「父ちゃん、そろそろオイラにも、剣の打ち方、教えてよ」

「ふん、お前にゃ百年はぇえ。……ひっく」

「しょうがない。じゃあ、お隣のテリテおばさんに頼まれた、草刈り鎌《がま》でも作るか」

分かっちゃいたけど、こうもあっさり断られると落ち込む。肩を落とし、鍛冶場へと向かうオイラを、父ちゃんの酒に濁《にご》った目が不思議そうに見つめた。

「なんでい、ノア、お前、鎌なんて打ってたのか」

「今ごろ⁉ 父ちゃんの食べてるご飯分、誰が稼いでると思ってるのさ？ ご近所さんの鍬《くわ》とか鋤《すき》とか鉈《なた》とか斧《おの》とか。食べ物との物々交換がほとんどだけど、うちは金があってもすぐ父ちゃんが使っちゃうから、おかげで食いっぱぐれなくてすんでるんだよ？」

「へぇ」

全く反省の色のない父ちゃんに苦笑いしつつ、オイラは鍛冶場の隅に自作した、自分用の作業場へと父ちゃんを引っ張って行く。普段ならそれくらいで腰《こし》を上げたりしない父ちゃんだけれど、やっぱり鍛冶には興味があるのか、黙って付いてきてくれた。

ちなみに鍛冶場は、父ちゃんがいつもくだを巻いているコタツから、土間を挟《はさ》んで反対側の屋根続き。うちは養蚕《ようさん》農家だったものを改造していて、馬小屋だったところが鍛冶場に変わっている。

養蚕農家だっただけあって、梁《はり》も柱も煤《すす》で真っ黒だ。養蚕農家っていうのは、お蚕様《かいこさま》が凍えないよう家の中で直接火を焚《た》くらしい。家の裏手には、蚕の守り神の蛇《へび》を祀《まつ》るほこらもあったりする。

「もう五年使ってるからさ。鎌の打ち方でいいから、見てて教えてよ。えーっと、テリテおばさんは、草が焼き払えたらいいのに、って言ってたから。まずは、マグマ石にアダマンタイト、火竜のウロコにグリフォンの羽根……」

「ちょっと待て」

材料を見た父ちゃんの頬《ほお》が大きく引きつる。

あれ？

何かマズいものでも入ってたかな？

「え？　ダメ？　マグマ石をベースにすれば、雑草くらい簡単に焼き払える鎌になると思うんだけど。ああ、そっか！　これだと、小麦の収穫とかには使えないか！」

「いや、ちょっと待て！」

なぜか父ちゃんがオイラの肩をガシッと掴む。

べつに逃げるつもりはないんだけど？

「たかが草刈り鎌にマグマ石？　アダマンタイト？　まして、火竜のウロコだと⁉　ノア、お前、これをどこで手に入れた？」

父ちゃんの目が、なぜだか据《す》わっている。

「どこって？　ふつうに、『竜の棲む山脈』で、火竜からプチッと」

「……ハアッっっ⁉」

なに当たり前のこと聞いてんの、と首を傾《かし》げたオイラとは対照的に、父ちゃんの目蓋《まぶた》がヒククと引きつった。

「えっ？」

そのとたん、父ちゃんはズダダタダッとオイラを引きずって母屋《おもや》へ駆け込み、仏壇《ぶつだん》前に供《そな》えてあった緊急用の魔法のクルミを拳《こぶし》で粉砕《ふんさい》した。

その瞬間、ジリリリリリッとベルのようなけたたましい音が鳴り響く。

「あーあ、もったいない」

あれは確か、かなり高額だったはず。母ちゃんが生きていたときから、母屋《おもや》の居間に置いてあった。元は、母ちゃんが冒険者をやめるときに、パーティの全員がひとつずつ持つことにしたもので、何かあったときにお互いに知らせ合うための緊急連絡の魔道具だった。

言葉を伝えることは出来ないが、その代わり、とっておきの能力がある。

なんと、無事なクルミを持つ全員を、割った者の判断で、即座に召喚《しょうかん》出来てしまうのだ。

「聖騎士オムラが召喚する！　勇者ジェラルド！　大賢者《だいけんじゃ》ルル！　大盗賊《だいとうぞく》ララ！　重剣豪《じゅうけんごう》マッセイ！　ここに来たれ！」

だれそれ？

なんか、聞いたことのない呼称きましたけど？

## 02　オイラのレベルは異常なようです

「ノマド!?　いったい何事だ？」

「おやノアしゃん、お久しぶりじゃねぇ」

「ノアしゃんもすっかり大きくなって」

「…………」

驚いた様子のジェルおじさんに、いつも通りのルル婆、ララ婆、無口なマツ翁《おう》が土間に……と思ったけれど、よく見るとマツ翁は、しゃくれた口の隙間《すきま》に歯ブラシをくわえている。

急な呼び出しだったもんねぇ。それに、ちょうど朝ごはんの後くらいのタイミングだったし。

ジェルおじさんは牛の獣人。身長は父ちゃんより頭ひとつは大きい。

ルル婆とララ婆は双子のリスの獣人。二人ともいつも魔法でふわふわと浮いている。身長は父ちゃんの半分ほどだけれど、空中でちょこんと丸まって座っているせいで、本当の身長よりずっと小さく見える。

マツ翁はサイの獣人。でかい。硬い。

「すまんが、ルル姐《ねえ》、ノアを鑑定してみてくれんか」

父ちゃんの言葉に、ルル婆は不思議そうにオイラのほうを見つめ、そしてビン底みたいなグルグル眼鏡《めがね》を巾着《きんちゃく》から取り出す。

「答えんか、ノマド！　ノアがどうかしたのか⁉」

ジェルおじさんは母ちゃんの弟で、母ちゃんとは全く似ていないオイラを、ものすごーく気にかけてくれている。

母ちゃんは透《す》き通《とお》る金髪の美人さんだったらしいが、オイラは緑がかった稲《いな》わら頭のそばかす顔だ。恰好《かっこう》は八歳のときからずっと、鍛冶屋の前掛《まえか》けに革のグローブ、革のブーツ。変わったのは、黒いモフモフの首巻きだけ。

父ちゃんが渋い顔をして腕を組む。

「マグマ石にアダマンタイト、おまけに火竜のウロコを使って、ご近所さんの草刈り鎌を作っていたんだ」

父ちゃんの言葉に、ジェルおじさんが眉をひそめる。

「はぁ？　なんでまたそんな。もったいない。ご近所さんってのは、そんな金持ちなのか？」

「いや、食い物と物々交換らしい」

「ハァ⁉」

ジェルおじさんがいぶかしげな顔をしたところで、ルル婆がにんまりと笑った。

「ほぉ……これはまた」

鑑定というのは魔法の一種で、相手のレベルやスキル、ステータスなんかが分かるらしい。使える魔法使いはほとんどいなくて、冒険者ギルドとかに行けば、鑑定の魔導具とかあるらしいけど。

冒険者でもない一般人は、みんな自分のレベルやステータスなんて気にせず暮らしていると思う。

隣のテリテおばさんだって、自分のレベルなんて知らないだろうし。

そういえば、さっき父ちゃんが、ルル婆を大賢者って呼んでたような気がするけど……？

「レベル、５９６じゃの」

「……。はぁ⁉」

「……こりゃたまげたの」

「……」

「やっぱり、というか……」

唖然《あぜん》とする皆の中で、父ちゃんだけが眉間《みけん》にしわを寄せて首をやれやれといった感じに振っている。

その父ちゃんに、ジェルおじさんが信じられない、という顔を向けた。

「ちょっと待て、ルル姐の見間違いじゃなく？　ノアが、ノマドの仕事用の素材でいたずらしてる、って話じゃないのか？」

「それなら、緊急用のクルミなんぞ使わんさ」

「？」

オイラとしては、なんで父ちゃんたちが困った顔をしているのか分からない。

ここ数年、鉱石拾いと素材集めしかしてないし、この歳にしては取り返しのつかないほどレベルが低いのだろうか？

でも、鍛冶屋にそこまでレベルが必要なことなんてないと思うし。

……っていうか、そもそも、その鍛冶についてすらろくに教えてもらってないんだった。今オイラに出来ることって、雑用だけ？

ひょっとしたら、鍛冶士になるには物凄くレベルが必要だったりするとか？

「なにか、マズイの？」

恐る恐る聞いたオイラの肩を掴んだまま、父ちゃんが大きくため息をついた。

なに、そんなにダメ？

「いいか、ノア。よく聞け。ここにいるジェルは、前代の勇者だ。王都に現れた強力なアンデッドを倒し、『不死殺しの英雄』とか『英雄王』とか呼ばれている。そのジェルでさえ、今のレベルは……」

そこで父ちゃんがチラッとルル婆を見る。

「２４９じゃの。というかお前さん、わしゃらと別れてから、ひとつもレベルが上がっておらんじゃないか。いくら王様稼業とはいえ、鍛錬《たんれん》をしゃぼっていてはいかんの」

「あれからもう十五年だというに」

「わしゃらは20は上がったに」

「英雄王などと呼ばれて天狗《てんぐ》になったかの」

「腹のあたりもゆるんでおるようじゃしの」

「しょんなんだから、オムラに袖《そで》にしゃれるんだわ」

ルル婆とララ婆に口々に言われて、ジェルおじさんはしなびた菜っ葉みたいになった。

「って、えっ？　ジェルおじさん、王様？」

「驚くとこそこかよ。っていうか言ってなかったか？　このデントコーン王国の百七代目国王、ジェラルド二世、略してジェルだ」

「ほえーー」

父ちゃんの言葉に思わず、しなびたジェルおじさんを二度見する。

ジェルおじさん、いつもオイラをかまいすぎて、ちょっとうっとうしいとか思ってごめんなさい。

まさかそんな偉い人だったとは。

「ともかく、そのジェルさえレベル２４９、戦闘職でない俺で80ちょいってとこだ。自分で言うのもなんだが、伝説の鍛冶士レベルで80。今の、平和な世の冒険者たちだと、駆け出しで10、ベテランで40、上位でも60ってとこか。で、お前のレベルは？」

「あれ？　いくつだっけ？」

ど忘れしたオイラが、ちらっとルル婆を見つめると……

「５９６だ、５９６！」

父ちゃんにつっこまれた。

あれ？　おかしいな。

なんで父ちゃんが常識人で、オイラが非常識みたいなくくりになってるんだろう？

すごく心外だ。

「えーと。なんで？」

「それを俺が聞いてるんだよぉ」

ついには頭を抱えられた。

あれ、なにこの扱《あつか》い。普段と逆すぎてついていけない。

「ってか、それじゃ、オイラ、鍛冶士になれるってこと？　鍛冶士になるのにレベルが低すぎるんじゃ、って心配してたんだけど」

「……どこの鍛冶士に、５９６なんてレベルが必要だっつーんだ」

さらには、なんだか可哀そうなものを見る目で見られた。

「とにかく落ち着け、ノマド。何か心当たりはないのか、ノア？」

さすがは王様、いち早く立ち直ったジェルおじさんが……と思ったら、珍しくたくさんしゃべったマツ翁だった。ジェルおじさんは、まだ部屋の隅《すみ》でしなびていた。

「うーん。オイラがここ数年やってたのは、鉱石拾いと素材集めだけだよ？」

「鉱石拾いと素材集めって、ノマドの鍛冶の材料かい？　仕入れないで、自分で集めてたのかい？」

「あはは、うちにオリハルコンだのミスリルだのを仕入れられるお金はないよー」

パタパタ手を振って軽く流したオイラを通り越して、フラ婆が父ちゃんに詰め寄った。

「ノマド。あたしゃはキッチリ、材料代も含めて前払いで渡したと思うんだけどね。なんでノアしゃんが鉱石拾いなんぞしとるんだい？」

「いやー、その」

父ちゃんの目が激しく泳いでいる。

「だめだよ、ララ婆。父ちゃんに金なんか持たせちゃ。鉱石なんて買う前に、あっと言う間に酒代のツケで消えちゃうんだから。ツケを払っても金が残れば、居合わせた全員におごって騒いで終わり。いっそ清々《すがすが》しいよね」

オイラにとっては、もはや怒りも呆れも通り越して、ほほ笑ましいとすら思える父ちゃんの生態だけれど、ルル婆とララ婆はそこまで達観《たっかん》出来ないようだった。

「ノーマードー！」

いい歳をして床《ゆか》に正座させられた父ちゃんの横では、まだジェルおじさんがしなびている。王様のくせに、メンタル弱いよね。

「で、ノアしゃん。鉱石拾いって、どこで？」

「そりゃもちろん、最初は裏の荒野で」

「「「……」」」

「え？　近いし？」

なぜか皆絶句していた。

聞いてみると、冒険者は最初、王城の近くにある『始まりの洞窟《どうくつ》』で、レベル5くらいまで修練を積むそうだ。次に、王都近郊の畑や村を荒らす猪《いのしし》やゴブリンなどの退治を請《う》け負《お》う。

レベル10で『獣の森』に挑み、レベル20で王国の西にある砂漠《さばく》地帯や各地にある中級ダンジョンに、レベル40で『大湿原』や『霧の森』、さらに上位冒険者が『無限の荒野』や上位ダンジョンへ挑戦、という流れらしい。

現時点で、『竜の棲む山脈』へ挑戦出来るレベルの冒険者はいないそうだ。もちろん、ルル婆やララ婆なら行けるんだろうけど、もう二人とも現役は引退している。

「まぁ、オイラは冒険者じゃないし？」

「普通は冒険者じゃないもんは、魔獣のいるエリアにゃ近づかないもんなんだよ」

「だって、最初父ちゃんに、『最果ての亀裂』でオリハルコン拾って来い、って言われたし」

びきびきっ、とララ婆のこめかみに青筋《あおすじ》が立った。

ララ婆の投げた短剣が、抜《ぬ》き足差し足で逃げようとしていた父ちゃんの頬をかすめて、後ろの壁に突き刺さる。父ちゃんの頬から、たらり、と血がたれた。

「ノーマードー！」

「オ、オムラは普通に行ってたぞ」

「オムラは史上最高レベルの聖騎士だっただろうが！　たかだか十四やそこらの子どもに、なんてこと言ってるんだいっ」

「あ、八歳の時」

今度は青筋を浮かべたルル婆に、父ちゃんは正座のまま水に漬《つ》けられた。

魔法って便利だね。

「あ、死なない程度でやめたげて」

「まったく、ノアしゃんは苦労するねぇ。鍛冶屋なんかやめて、あたしゃんとこおいでな。立派な盗賊にしたげるから」

　抱きしめられてナデナデされるのは気持ちいい。たとえその相手が、オイラより小さな婆ちゃんだとしても。

「残念だけど、ララ婆。ダメダメでも、オイラは鍛冶してる父ちゃんが好きだから、盗賊にはなれないよ」

「また、しょんなこと言って。何回誘ってもこれなんだから。ホントに、オムラそっくりだよ、この子は」

　ララ婆が言うには、母ちゃんも、鍛冶以外ダメダメなところがまたかわいい、と言って父ちゃんを甘やかしていたそうだ。

　ん？　オイラが苦労してるのは、ひょっとして母ちゃんのせい？

「ところで、ノアしゃん。聞きたいことがあるんじゃけどね。その首巻き」

　父ちゃんを水に漬け終わったルル婆が、オイラの首元の黒いもふもふを指さした。

「それ、魔獣だろ？」

## 03　チート魔獣チギラモグラ

「魔獣だと!?」

それまで、水がめの側の壁ぎわでしなびていたジェルおじさんが、すごい勢いで詰め寄ってきた。

「魔獣の王都への持ち込みは、王国法第百四十七条によって禁止されている！　例外は、魔獣使い《テイマー》免許《めんきょ》持ちの使役獣《しえきじゅう》のみだ。ノア、お前、テイマー免許は？　魔獣は、何であれ全て危険なんだ。使役されていない魔獣なんて、歩く災害と同じなんだぞ」

いつもヘラヘラしているか情けないかのジェルおじさん。その真剣な顔を初めて見た。

「テイマー免許？」

「持ってないのか？　ということは、それは野良《のら》魔獣！　討伐《とうばつ》対象だ！」

普段の穏やかさをかなぐり捨てて、ジェルおじさんが剣の柄《つか》に手をかける。

「おい、ジェル！」

「黙れノマド！　人里に降りた魔獣は倒さねばならない。それが法だ！」

「あの魔獣は、ノアの首にいるんだぞ！　お前はノアの首をはねるつもりか⁉」

「ノアの首になんて、かすり傷さえつけやしないさ！」

引き抜かれたジェルおじさんの片手剣が、逆袈裟《ぎゃくげさ》切りにオイラの首元へと迫る。

あれは確か、三年前に父ちゃんが打った【希少級】。さすがは父ちゃんの作、【伝説級】には及《およ》ばなかったけれど、綺麗な剣だ。ジェルおじさんの剣をよける間、オイラはそんなことを考えていた。

「大丈夫か、ノア！？」

「……よけた、だと⁉」

愕然《がくぜん》とするジェルおじさんの一方で、心配した父ちゃんがオイラに駆け寄り、オイラの全身を触りまくって、ケガがないかどうかを確かめている。

ルル婆とララ婆には、オイラがよけたのが見えていたみたいだけど、戦闘職《せんとうしょく》じゃない父ちゃんは見逃していたようだ。

さっきルル婆に水漬けにされた父ちゃんは、まだぐっしょりと濡れている。大丈夫だから、あんまり触らないでもらいたいなぁ。ってか父ちゃん、風邪ひかないといいけど。

「大丈夫だよ、父ちゃん。オイラも、黒モフも」

オイラはそう言って、ジェルおじさんの殺気《さっき》におびえて、胸元にもぐりこんでしまった黒いもふもふを掴み出して見せた。

とは言っても、よっぽど怖かったのか、またすぐにもぐってしまう。

その黒モフをルル婆たちがまじまじと覗《のぞ》き込む。

「黒モフ？　その魔獣の名前かい？」

「なんとまぁ、ノアしゃん。魔獣に名前をつけているのかい」

「ジェル坊《ぼう》、ちょっとは落ち着きな」

「そうじゃ。法じゃなんのと、お前しゃんは肝っ玉がちいしゃいのぅ」

「しかし、ルル婆」

ジェルおじさんがそう口走った瞬間。

ルル婆の額に、特大の血管が浮かんだ。

どす黒いオーラがゆらりと立ち上る。これはまずい。

ゴカッッッ!!

と盛大な音を立てて、ジェルおじさんの顔面にルル婆の魔法の杖《つえ》が沈んだ。

ジェルおじさんの、壮年《そうねん》にしては端整《たんせい》な顔が、泡を噴きながら後方に飛んだ。

ルル婆の魔法の杖は、極大の魔水晶《ますいしょう》がついた特注品だ。父ちゃんの師匠《ししょう》に当たる名工《めいこう》の作で、魔法の効率がとても良くなるとルル婆愛用の品で。

もちろん、殴《なぐ》られると、とても痛い。

「わしゃが、なんじゃって？　ジェル坊」

ルル婆、ララ婆の呼び方には、絶対のルールが存在する。つまり、二人を『婆ちゃん』と呼べるのは、この世でオイラだけ。父ちゃんやジェルおじさんは、『姐さん』と呼ぶのが決まりだ。

英雄王さえ足蹴《あしげ》にする、絶対強者。それが大賢者ルルと大盗賊ララ。

って、大賢者なのと大盗賊なのは、ついさっき知ったんだけども。

「……ル、ルル姐さん……」

「そうかい、さっきのは、わしゃの聞き違いじゃね？」

「あたしゃにも、聞こえた気がするけどねぇ」

ララ婆にまでジロリと睨《にら》まれ、ジェルおじさんは首をブンブン横に振ると、そのまま青い顔をしてカクッと倒れた。

返事がない。……ただの気絶体のようだ。

「さて、ノアしゃん」

ジェルおじさんが気絶しているのを確かめると、ルル婆が笑顔でオイラに尋ねる。

「スキルポイントに、余りはあるかの？」

オイラは首を傾げる。

この世には、スキルポイントというものが存在する。経験値をためることでレベルが上がり、レベルがひとつ上がるごとに、好きなスキルにひとつスキルポイントをプラス出来る。スキルの種類は数知れず。

また、種族ごと、職業ごとに固有のスキルというものもある。例えば、母ちゃんは鹿の獣人だったから、鍛冶スキルを選択することが出来なかった。そのぶん、父ちゃんの選択肢にない、治癒《ちゆ》や聖魔法、といったスキルがあった。

オイラは父ちゃん似で良かったと思う。

鍛冶のない人生なんて人生じゃない！

って、その鍛冶すら自己流なんだけど。

ちなみに、普通の仕事をしてても経験値は得られる。戦闘職じゃない父ちゃんのレベルが80なのは、そんな理由からだ。とは言っても、普通の仕事より魔獣と戦闘したほうが多くの経験値を得られるのは間違いなく、当然、一般人よりは冒険者のほうがレベルは高い。

また、経験値を得たものごとにスキルポイントを振る必要は全くなく、剣での戦いで得たスキルポイントで魔法のスキルを獲得《かくとく》、なんて裏技も存在する。というか、最初は魔法なんて誰にも使えないわけで、そうでもしないと魔法使いなんて生まれない。

で、オイラのスキルポイントに余りがあるか、というと。

「んー、昨日鍛治スキルに全部振っちゃったばっかりだから、今はないかな」

「しょのようじゃな」

再びグルグル眼鏡をかけたルル婆が、オイラをじっくりと眺める。

鑑定って、レベルやステータスの他に、スキルポイントまで見えるんだ。

婆ちゃんたちが考え込んでいる間に、オイラは土間から上がった先の板間に座布団を並べ、火鉢《ひばち》の上に載っていた鉄瓶からお湯を注いで玄米茶《げんまいちゃ》を淹《い》れる。普段は番茶《ばんちゃ》だから、戸棚の茶筒に玄米茶が残ってて良かった。なんでか、婆ちゃんたちっていうと玄米茶な気がするんだよね。

「スキルポイントに余裕があれば、ジェル坊が寝てる間に、テイマースキルを1でも振らせて、テイマー免許を申請しちまおうと思ったんだけどねぇ」

「ジェル坊は、魔獣にゃトラウマがあるからねぇ」

「ああ、あれか……」

父ちゃんとマツ翁は思い当たることがあるのか、うんうんと頷《うなず》いている。

オイラの用意した座布団にマツ翁がどっしりと腰かけると、床板がギシッと悲鳴を上げた。

うち、結構古いからなぁ。床、抜けないといいけど。

「ん？　ちょっと待って。テイマー免許って、そんな簡単に取れるの？」

「テイマースキルさえあることが、冒険者ギルドで確認出来ればね。スキルの有無は、魔道具で簡単に分かるからの。冒険者登録をして、しょのまま申請しちまえばいい」

首を傾げたオイラに、ふわふわと浮いたまま玄米茶をすすっているルル婆が説明してくれる。

「なるほど……って、冒険者登録？　オイラが？」

「冒険者登録をしている鍛冶士だっているしゃね。しょこのノマドのように」

オイラはびっくりして父ちゃんを見つめる。父ちゃんが冒険者をしていたなんて知らなかった。

「……オムラに付いて行きたかったんだよ」

ぷいっ、と明後日《あさって》のほうを向いて、父ちゃんがボソッと言う。

やばい、照れてる父ちゃん、かわいい。

「まぁ、ノアがその魔獣を捨ててくる、ってのが一番の近道だが」

「待て」

父ちゃんの、照れ隠しにしてはヒトデナシな言葉に、意外にもマツ翁が待ったをかけた。

マツ翁は見た目に似合わず猫舌で、でっかい手のひらにちょこんと湯呑《ゆのみ》を置いたまま飲めずにいる。

「その魔獣……チギラモグラじゃないのか？」

「チギラモグラ？」

聞いたことのない名前に首を傾げると、ララ婆が驚いたように湯呑をガツッと置いた。

「チギラモグラだって⁉　あの、冒険者垂涎《すいぜん》の、経験値オバケ⁉」

「経験値オバケ？」

「ほっほっほ。さすがはマツ。よく分かったねぇ」

鑑定を使って黒モフも見たのか、ルル婆が笑顔で肯定《こうてい》する。

「チギラモグラってのはね、『無限の荒野』だけに現れる、レア魔獣でね。攻撃力も防御力もないんだが、とにかく逃げ足が速い。見かけるのも奇跡、攻撃を当てるのはさらに奇跡、けどもし倒せたら……。とてつもない経験値が手に入るんじゃよ。見たら即攻撃、が、鉄則の魔獣。なんじゃけど……」

「けど？」

「どうやら、わしゃらは、とんでもない早合点《はやがてん》をしていたみたいじゃわ」

「早合点て？　もったいぶらんで、早く言っとくれ、ルル」

せっつくララ婆に、ルル婆がにんまりと笑った。

「見かけたら脊髄反射《せきずいはんしゃ》で攻撃しとったから、今までチギラモグラの鑑定なんぞしたことがなかったが、コイツ、とんでもないユニークスキルを持っちょる。なんと、パーティメンバー全員に、獲得経験値五倍、じゃ」

「「経験値五倍っ⁉」」

オイラとルル婆以外の声が、綺麗にハモった。

## 04　オイラの何の変哲もない日常①

「なに、それ？　すごいの？」

首を傾げたオイラの肩をルル婆が掴み、ぐわんぐわんと前後にゆする。

ちょっ、お茶がこぼれるっ。

「知らなかったのかい⁉　経験値五倍ってこたぁ、普通の五倍の速さで経験値がたまる、つまりレベルアップ出来る、ってことだよ！　知らずに、なんでこんな魔獣とパーティなんて組んでるんだいっ？」

「え？　拾ったから？」

「拾ったぁ？　逃げ足だけはとんでもない、チギラモグラを？」

ルル婆の眉が、きれいに八の字に寄った。

「五年くらい前だったかな？　今よりずっと小さくて、ホントに毛玉みたいで。弱ってるみたいだったから、オイラの弁当を少しやってみたら、食うわ食うわ、あっという間に弁当全部食べちゃって。そしたら、なつかれちゃってさぁ」

「『無限の荒野』で？」

「『無限の荒野』で」

「はぁ……」

ルル婆にもため息をつかれた。

「でも、パーティなんて組んでたかな？　まぁいいや。ララ婆、要するに、レベルがひとつ上がってスキルポイントが手に入れば、黒モフを連れてても良くなるんだよね？　放そうにも離れないし、オイラもなんだかんだで愛着があるし、べつにジェルおじさんが言うみたいな悪い奴《やつ》には思えないし。出来れば、このまま飼っててやりたいんだ」

ジェルおじさんが気を失って安心したのか、ふところから少し頭を覗かせて、おどおどと周りを見回している黒モフを、オイラはそっと撫でた。

大きな目を嬉《うれ》しそうに細めた黒モフに、やっぱりオイラは、こいつのことが好きなんだと思う。オイラには経験値とかレベルとか、そんなには必要ないけれど、こいつはオイラの友達だ。捨てるなんてとんでもない。

「そうは言ってもね、ノアしゃん。レベルっていうのは、高くなればなるほど、上がりにくくなるものなんじゃよ。現にわしゃは、レベル６２３じゃけれど、６００からここまで上げるのに、十五年かかったんじゃ。ノアしゃんはレベル５９６。ひとつ上げるのに……はて、その魔獣の力があっても、ひと月はかかるじゃろうて」

浮いたまま鉄瓶から急須にお湯を入れ、おかわりを注いだ婆ちゃんたちが渋《しぶ》い顔をする。

え？　とオイラの頭に疑問符が浮かぶ。

「ひと月？　いや、ちょっと待っててよ。そんなにかかんないと思うし。試しに……うん、二時間くらい待っててくれる？」

「二時間？」

「うん、ちょっと友達に会ってくるから」

「友達？」

ふよふよと浮きながら、体ごとそろって首を傾げるルル婆とララ婆に、ようやく一杯目のお茶をすすれるようになったマツ翁がゆっくりと声をかける。

「ルル姐、ララ姐。五年前からチギラモグラのスキルがあったとしても、計算が合わない」

「は？」

「……しょうか。毎日毎日、『無限の荒野』で魔獣を狩ってたとしても、五年でレベル１００にしゅらとても届かないじゃろう。獲得経験値五倍があったとしても、普通の手段で、十四歳で５９６になんてなりっこないわの」

「どういうことだ？」

「ノアしゃん。普段ノアしゃんがしてることを、しょっくりそのまま、やってみせてくれましぇんかねぇ？」

いつにない丁寧な口調で、ルル婆に凄みのある笑顔を向けられたオイラは、黙ってこくこくと頷くしかなかった。

「えーと、まず、朝、父ちゃんのご飯を用意して」

土間にあるかまどの前で、オイラは説明を始める。この時点で、既に父ちゃんはルル婆に睨まれて体を小さくしている。

ちなみにジェルおじさんは、ルル婆に睡眠《すいみん》の魔法を重ね掛けされて、あと四時間ほどは起きないそうだ。父ちゃんもルル婆の魔法で乾かされていた。

「まだ父ちゃんは寝てることも多いし。父ちゃんのお昼ご飯用のおにぎりと、漬物《つけもの》と、オイラと黒モフの弁当のおにぎりもここで一緒に作って。……ほんとに作る？」

「今日は二時間でレベルアップという目的があるからね。はしょってはしょって」

「じゃ、次は倉庫に移動」

オイラの後について、ルル婆とララ婆、マツ翁に父ちゃんがぞろぞろと移動する。

本来の鍛冶屋の倉庫には、今はほとんど何も入っていない。

オイラが集めた鉱石や素材も最初はここに入れていたんだけれど、酔っぱらった父ちゃんが次々に持ち出して酒に変えちゃうんで、オイラは父ちゃんの倉庫の裏に、自分用の倉庫として穴を掘っていた。入り口は小さいものの、数年をかけて拡張に拡張を重ねたそこは、もう父ちゃんの倉庫よりもずっと広くなっている。

父ちゃんにオイラの倉庫の中身を見せるのは、また色々と売られそうで不安。

だから、ルル婆たちには父ちゃんの倉庫のところで一旦待ってもらって、オイラは自分の倉庫から、鉱石や素材拾い用の装備を取ってきた。

身の丈《たけ》ほどもあるバカでかい古いリュックと、自分で打った剣が三本。一本は腰に、残りの二本はリュックにくくりつけてある。

なんで三本なのかというと。

剣には耐久力というものがある。

何度も何度も戦っていると、剣は疲れ、その内に割れたり折れたりしてしまう。

軽い剣は速く振れるけれど耐久力が低く、重い剣は速度は遅くなるけれど耐久力が高い。剣の『耐久力』『速さ補整』『攻撃補整』『防御補整』は、鍛冶スキルの『武具鑑定』で数値化して見ることが出来る。

マツ翁みたいな重戦士なら、重くて耐久力の高い剣でもいいんだろうけれど、オイラみたいなチビはスピード重視。折れること前提で三本持っていく、というわけだ。

ちなみに、オイラが自己流で打った剣にちょうどいい鞘《さや》なんて毎回用意出来るはずもなく、剣は全部、ボロ布でグルグル巻きだ。

「剣が、三本」

「そいつぁ、ノア、お前が打ったのか?」

父ちゃんは布を取って中身を見たそうだったけれど、今日は黒モフのため、なるべく急がないと。

「そうだよ。毎日、鉱石を拾ってきては練習してるんだ。父ちゃんみたいにはまだ打てないけど。それで、その打った剣を持って、また鉱石を拾いに行く」

ちょっと感心したようなビックリしたような父ちゃんの表情に、鼻の奥がムズムズする。

どうだい、ちょっとはオイラを見直した?

いつか、父ちゃんを超えるような剣だって、打ってみせるんだから。

「で、走る」

水筒を腰にくくりつけると、オイラは一、二回その場でぴょんぴょんと飛び跳《は》ねて、足の調子を確認。そのまま一気に加速して、『無限の荒野』へ向けて走り出した。

チラッと振り返ると、ルル婆とララ婆、マツ翁に父ちゃんが見る間に小さくなり、置いていかれたルル婆が慌てて何かの魔法を発動したようだった。

十分後、『無限の荒野』を走っているオイラのところに、ルル婆の魔法の長座布団に乗ったみんなが追い付いてきた。

普通よりはだいぶ大きい長座布団だけれど、だいぶきゅうくつに見える。

「ノ、ノアしゃんノアしゃん。ちょっと待ちんしゃい」

スピードのせいか、切れ切れに聞こえる声は、かなりきつそうだ。

さすがのルル婆でも、マツ翁を浮かせて運ぶのは大変なんだろうな。

「急がないと、ジェルおじさんが目を覚ますのに間に合わないよ？」

「た、ただ走っただけでこのスピード……それに、途中に何匹か魔獣がおったが……」

そういえば、途中に何かいたような気がする。

鍛冶の素材になる魔獣じゃなかったから、あんまり気にしなかったけど。

「あ、あれ？　よけたよ？」

「よけた!?　岩オオカミと、鬼アザミ、針トカゲを!?　ベテラン冒険者だって、数人がかりで相手にする魔獣だよ!?」

荒野に出てくる魔獣って、そんな名前なんだ。岩オオカミと針トカゲは、見たまんまの名前だな。

「オイラ、逃げ足だけは自信あるんだよね。素材になるなら戦って回収することもあるけど、今日は急いでるからね。早くエスティのとこに行かないと」

「エスティ？」

「そ。オイラの友だち。ルル婆たちは？　魔獣どうしたの？」

走りながら聞くオイラに、ララ婆が胸を張った。

「ふん、しょんなの、あたしゃの投げナイフで一撃だよ」

「すごいねぇ。でも、投げちゃったナイフがもったいないね。帰りに回収してる時間、あるかな？」

「盗賊は投げナイフが得意だからね。みんな、『ナイフ回収』のスキル持ちなのしゃ。当然、あたしゃもバッチリ回収してるよ」

そう言って、ララ婆は腰のホルダーから取り出した投げナイフを、片手に五本、カードのように広げて見せた。

「そんなスキルがあるんだね」

オイラの言葉に、なぜかルル婆が得意そうに笑った。

「ほっほ。わしゃの魔法の座布団の最高スピードに乗っておって、ナイフを投げて魔獣に当てるなんて軽業《かるわざ》をしてのけるのは、世界広しとはいえララだけしゃね」

「ちんまい頃から乗しぇられてたからねぇ」

「いざというとき、二人分の重さに慣《な》れてなくちゃ、一緒に逃げられないじゃないか」

「ルル……」

「なんだい、今しゃら感動したのかい？」

「大好きしゃ、ルル～～」

ララ婆がルル婆に抱きつこうとしたところで、マツ翁がその襟首《えりくび》を掴んで止める。

「ララ姐、このままだと、竜の領域に入る」

「えっ⁉」

ララ婆が慌てて辺りを見回す。

話しながらも走り続けたオイラたちは、そろそろ『無限の荒野』を抜けて、『竜の棲む山脈』のふもとに到達《とうたつ》しようとしていた。

「ノアしゃん⁉　あんたの友だちとやらのとこには、まだ着かないのかい⁉」

「まだまだこれからだよ。オイラには慣れた道だけど、ルル婆とララ婆は、いちいち戦ってたら時間かかってしょうがないでしょ？　どうする？」

「慣れた道、って……」

そういえば、さっきから何となく父ちゃんの存在感がないな、と思っていたら、マツ翁の背中に寄りかかって目を回していた。

レベル80とはいえ、酒浸《さけびた》りのグータラ生活をしていた父ちゃんには、ルル婆の全力座布団疾走《しっそう》はキツかったみたいだ。

「わしゃらのことは気にせんでええ。魔獣の知覚を外す魔法があるからの。わしゃらよりレベルが下の魔獣にしか効かんし、こっちから攻撃を仕掛ければ気付かれるが、ノアしゃんに付いて行くだけなら何とでもなる。ただし、わしゃらもノアしゃんの手助けはせんから、しょのつもりでの」

「ちょっと、ルル！」

顔をしかめたララ婆に、ルル婆が穏やかに笑う。

「ええから。ええから。ノアしゃんの『いつも』を見せてもらうんじゃろ？　慣れた道と言うんじゃ。大丈夫なんじゃろうて」

そうしてオイラたちは、『竜の棲む山脈』へと突入した。

## 05　神の鍛冶士《ノマド》から見た異常な日常

「ウソだろ？」

『無限の荒野』よりはだいぶスピードが落ちたせいか、それまで目を回していた俺——ノマドは、ようやく意識がはっきりした。気が付いてみれば、周りは『竜の棲む山脈』……というのも相当にアレな現実だが、それよりも信じがたいものが俺の目の前にあった。

……ノアが、自分の子どもが、グリフォンのすぐ目の前にいる。

『竜の棲む山脈』とはいえ、『無限の荒野』から連なるふもと付近には、純粋な竜種は滅多に現れず、その眷属を含む様々な魔獣が現れる。グリフォンや大蛇、ワイバーン、タラスク（甲羅《こうら》のある六本足のドラゴン）などの亜竜《ありゅう》。様々なゴーレムに、竜を崇《あが》めるラミアやリザードマンなどの亜人《あじん》。

竜の眷属たちは縄張り意識が強く、見慣れない生き物がいると普通は排除しようとする。

それなのに、ノアのことは、ほとんどの魔獣がチラッと見ただけで黙殺《もくさつ》する。

まるで、竜の眷属同士のように。

いるのが当たり前であるかのようだ。

たまに、血の気の多そうな若い魔獣が、ノアに襲《おそ》い掛かることもある。

最初、それを見たとき、俺は思わず叫んだ。

「ル、ルル姐、ララ姐！　助けて、助けてやってくれ！　ノアが……ノアが殺されちまう！」

自分で助けに飛び出したいのはやまやまだが、俺の力では、グリフォンに一撃だって当てるのは難しい。それどころか、ルル姐の魔法の座布団から、無事に飛び降りることが出来るかどうか。

取り乱した俺とは対照的に、ルル姐、ララ姐、マッセイ翁は不思議なほど冷静だった。

「なんだい、今ごろ気が付いたのかい。慌てるこたぁないよ」

「そ、そんなこと言ったたって、あれはグリフォンだ！　ノアがかなうわけない！　熟練《じゅくれん》の冒険者パーティだって、チームを組んで討伐する相手だ！」

「見りゃあ分かるよ、しょんなこと。でも黙って見てな。いくらルルの認識阻害《そがい》の魔法がかかっているとはいえ、大声を出しゃあ気付かれないとも限らない」

「認識阻害？　そうか、グリフォンの意識がこっちに向けば、ノアが助かる確率が上がる！」

改めて叫ぼうとした俺の頭を、ルル姐の巨大な杖が小突《こづ》く。

「やめんか、バカモノ。余計なことをしゅると、かえってノアしゃんの足手まといになるってもんじゃよ」

そうこうしている内に、グリフォンの凄まじい攻撃がノアへと繰り出される。

グリフォンは、鷹《たか》の頭と翼、ライオンの体を持つ魔獣だ。空からの攻撃が可能な上、強力な四肢《しし》の一撃は岩をも砕《くだ》く。もちろん肉食。

血ダルマになったノアの幻が脳裏《のうり》に浮かび、俺は顔を絶望にゆがめる。

ところがノアは、慣れた様子でグリフォンの攻撃をひらりひらりとよけ、すれ違いざまに、一瞬、剣を抜いた。

キィィン、と澄《す》んだ音がしたと思うと、ノアの手には、グリフォンの巨大な爪《つめ》が握《にぎ》られていた。

ノアが剣で叩《たた》き斬《き》ったのだろう。

グリフォンの爪は、滅多《めった》に流通しない鍛冶の希少《きしょう》素材だ。

よくやった、ノア！　と拳を握った直後、ふと思い当たってサァッと青ざめる。

確かにグリフォンの爪は欲しい。でも、爪なんか折ったら？

鍛冶馬鹿と散々周りに言われている俺が言っても説得力がないのは分かっているが、いくらいい素材が目の前にぶら下がっていたって、生きて持って帰れなくちゃ意味はない。

中途半端に傷つけられたグリフォンは、さらに怒り狂ってノアを追撃《ついげき》してくるに違いない。グリフォンにとって、爪の一本が折れたくらい、大したダメージにはならないだろう。

なんで俺は、鍛冶にばかりスキルポイントを振って、いざというときにノアを助けられるスキルのひとつも取らなかった？　ノアもノアだ。戦い慣れているなら、素材を採る前に致命傷《ちめいしょう》のひとつも負わせたらどうなんだ⁉　半端に傷つけて手負いにするより、大技で行動不能にさせるか諦《あきら》めて逃走するのが、魔獣と戦うときの鉄則《てっそく》だろう⁉

手に汗を握り、必死に心の中で『逃げろ、逃げろ、出来れば爪を持ったまま、いやしかし』とか唸《うな》っている俺を尻目に、事態は意外な展開を見せた。悔《くや》しそうに一声うなったグリフォンへ、ノアが笑顔で「ありがとね」とか言って手を振ったのだ。

ふん、と鼻を鳴らして、グリフォンはくるりと後ろを向いて去っていく。

「……は？」

背を向けるグリフォンを指さし、目を丸くして振り返ると、ララ姐が軽く肩をすくめた。

俺は唖然《あぜん》としたが、ルル姐たちは既に見た光景だったのだろうか。やはり平然としていた。

そんなことが、何度も繰り返された。

さすがに『竜の棲む山脈』にいる魔獣は、『無限の荒野』の魔獣とはレベルが違う。

ノアのスピードをもってしても、ただ走って振り切ることは無謀《むぼう》だろうから、戦うのは理解出来る。しかし、ウロコや爪、牙、羽を取られた……つまり、傷つけられた魔獣がノアを見逃す理由が分からない。普通なら、さらに怒り狂って追撃してくるはずだ。

『竜の棲む山脈』を登るにつれ、現れる魔獣もどんどん強くなっていく。ふもとと同じ種族の魔獣だったとしても、レベルが遥かに違う。

中腹にもなると、亜竜が増え、飛竜もぼちぼち現れ始める。

それでもノアは多くの竜種に無視され、襲われたと思えば器用に素材を剥《は》ぎ取っていく。殺しも、殺されもしない。

剥ぎ取った素材は、たまに拾っているらしい鉱石と共に、背中の巨大なリュックに無造作《むぞうさ》に放り込まれる。

もはやかなりの重さになっているはずなのに、ノアの足取りに乱れはない。休憩《きゅうけい》すら挟まず、『竜の棲む山脈』の急な斜面を凄まじい速さで登っていく。

そしてついに、中腹を過ぎる頃、ひとつの洞窟へと辿り着いた。

「ここが、目的地か？」

ルル姐の認識阻害の魔法は、魔獣だけでなく獣人にも効果があるらしいが、ルル姐がノアを仲間とみなしているので、ノアにも問題なく声が届くそうだ。

「そうだよ。ここは本来の入り口じゃないけど。この奥に、エスティがいる」

ここまで走りどおしだったのに、ノアには疲れた様子すらない。

あれだけ色々とあったというのに、ララ姐に聞くと、家を出てからまだ一時間も経っていないらしい。

「そのエスティって人に会えば、レベルが上がるのか？　こんな『竜の棲む山脈』のど真ん中に……どんな大賢者だっつーんだ」

「大賢者とて、こんなところに住むのはごめんじゃの」

「大盗賊とてごめんだの」

「……」

マツ翁の無口さは相変わらずだが、多分同じことを考えている。

「んー、それにしてももったいなかったな。途中の崖《がけ》の上で、オリハルコンのにおいがしたんだけど、急いでたから素通りしちゃったよ。今度また採りに来なきゃ」

「オリハルコンににおいなんてあるのかい？」

「知らないの、ルル婆？　鉄だって銅だって、においがするじゃない」

「鉄臭《てつくさ》い、ってのは何となく分かるけどねぇ」

「鍋《なべ》で沸《わ》かしたお湯は、鉄臭いからねぇ」

「犬の獣人《オイラたち》は、鼻がいいから」

金属のにおいをかぎ分けられる、というのは、有望な鍛冶士の第一条件だと俺は思う。

そうすると、ノアには、鍛冶士の才能があるのかもしれない。

さっきちらっと見えた、ノアが打ったという剣は、刃紋《はもん》も何もめちゃくちゃな、習作と言うにもまだまだな出来だったけれども。おそらく、自分なりに速さを追及したのだろう。

俺たちは、ためらいなく進むノアに続いて、狭《せま》い洞窟を降りて行った。

ここからは徒歩で、と一旦長座布団を降りたものの、早々に俺だけ付いて行けなくなり、問答無用で座布団に乗せられた。洞窟内にスペースがあまりないこともあり、各々固まらずに進んでいく。

ルル姐は魔法で浮き、俺は座布団、ララ姐は身軽に徒歩で、マツ翁は鎧でゴリゴリと岩壁を削《けず》りながら歩いている。坂道はもちろん、ときには崖のようになっている暗い洞窟を、ノアは危なげなくひょいひょいと降りていく。

犬の獣人は、割と夜目《よめ》がきく。それでも、この暗い、岩と崖だらけの洞窟は危険極まりない。

今更ながら、俺はノアのことを何も知らなかったのだ、と苦い思いがした。

「なんだか暑くなってきたねぇ」

「なんだかわしゃ、嫌な予感がしてきたわ」

「……」

マツ翁も無言で頷いている。

洞窟を降り始めてどれほど経ったか。ノアと俺たちは、やがて赤い光で満ちた広い空間へと辿り着いた。

そして、軽い調子でノアが言う。

「他の誰かを連れてくる許可はもらってないから、怒られるかな？　彼女が、エスティ。エスティローダ。火竜の、女王だよ」

その巨大な赤い竜は、威風堂々《いふうどうどう》と俺たち卑小《ひしょう》な人間を見下ろしていた。

## 06　オイラの何の変哲もない日常②

「彼女が、エスティ。エスティローダ。火竜の、女王だよ」

そうエスティを紹介した直後。

父ちゃんとオイラたちに、炎のブレスが襲い掛かった。

「あちゃあ、やっぱ無許可はまずかったか」

エスティのブレスには０・５秒の溜《た》めがある。息を吸い込むための時間というか。

オイラは慣れもあって、ブレスの気配、エスティの顔の向きから、ある程度余裕をもってよけることが出来た。

跳んで避《さ》けたオイラのすぐ横を、ブレスが濁流《だくりゅう》のように通り過ぎる。

エスティの存在感に呑まれて動けずにいた父ちゃんたちは、まともにブレスを食らってしまった。

「エスティのブレスは初見殺しだよな。……エスティ！　あれはオイラの父ちゃんなんだぞ！　いきなり何するんだよ⁉」

当然というか、エスティのブレスは、ルル婆がとっさに張った魔法障壁《しょうへき》によって防がれていた。

それでも相当焦った顔をしているから、不意打ちのブレスはキツかったようだ。

『父ちゃんだと？　親を紹介するということは、人の間では、つがいになる前段階の行為だと聞く。我を娶《めと》る気にでもなったのか？』

エスティの顔の高さまで思いっきり飛び上がり、顔面に向かって降り下ろした剣は、エスティの腕に簡単に阻《はば》まれ、ギャリンッと嫌な音を立てて砕け散った。

ここまで、だいぶ魔獣相手に使ってきたから、まぁ、しょうがない。

柄《つか》だけになった剣を投げ捨てると、急いで壁を蹴《け》って場所を移る。一瞬前までオイラのいた空間を、エスティの炎のブレスが通り過ぎた。

投げ捨てた柄は、エスティの足元に広がる溶岩《ようがん》に落ち、ジュッと溶けた。

オイラは周囲の岩壁をあちこち蹴って跳び渡り、エスティの爪を避けながら、背中のリュックから二本目の剣を引き抜いた。

「いつもどこから、そんな偏《かたよ》った人間の知識をっ！　聞きかじってくるんだよっ！　友だちにっ！　家族を紹介しちゃダメなのかよっ!?」

今持っている剣（二本目）が折れたら、全力で逃げる。最後の剣（三本目）が折れる寸前までいってしまったら、たとえエスティに勝てても、帰り道で死ぬ。

武器もなく通してくれるほど『竜の棲む山脈』の魔獣は甘くない。

というか、今までエスティに勝てた試しなんてないんだけれども。

『我が棲《す》み処《か》にこそこそと無断で立ち入ったのだ。お仕置きくらいは当然であろ？　まして、あれは大賢者ではないか。あんなそよ風程度でどうにかなるほどの婆《ばば》ではないわ』

こそこそと、ということは、ルル婆の認識阻害に気付いていたのか。前から強い強いとは思っていたけれど、やっぱりエスティのレベルはルル婆より上らしい。

「あんたに婆ぁ扱いしゃれるいわれはないよっ！」

下のほうで、ルル婆が何やら元気に叫んでいる。竜は長生きだと聞いたから、エスティも本当はルル婆より年上なのかもしれない。

オイラは魔法が使えない。

一度でも空中で捕捉《ほそく》されたら、叩き落とされて、それでジ・エンドだ。

落下の衝撃を弱める『浮遊』も、空中移動の向きを変える『飛翔』も使えない。

周りの岩壁を蹴り渡るスピードを殺されたら。

ただ落ちて潰れるトマトに同じだ。

そもそも、オイラの防御力は紙も同然。エスティでなくても、『竜の棲む山脈』の魔獣の攻撃を、一撃だって食らえば致命傷《ちめいしょう》だ。オイラの持つ剣だって、エスティの攻撃をまともに受ければ、あっという間に砕け散るだろう。

オイラに出来るのは、ただひたすらに攻撃をよけながらのヒット・アンド・アウェイ。

エスティの攻撃は足でよけ、こちらからの攻撃のみの使用とはいえ、それでも剣の耐久力はゴリゴリと削れていく。

『確か、あの婆とは百年ぶりくらいかの？　以前に会った折はまだほんの小娘だったか。少し見ぬ内に大賢者とは、大した出世よの』

「わしゃは、まだ百年も生きちゃいないよっ」

エスティの翼から、かまいたちが放たれる。無差別＆広範囲に繰り出される、無数の真空刃《しんくうば》は、ひとつひとつの威力はさほどではないものの、全て避け切ることはかなり難しい。防御力が無に等しいオイラにとっては、ブレスより遥かに嫌な攻撃だ。岩陰に隠れたとしても、機動力を殺すことは死につながる。かまいたちが過ぎ去った瞬間、エスティの爪や尾に殺されるだろう。

宙に浮いたままでは、かまいたちを避け続けることは出来ない。オイラは岩壁を一気に走り降りた。たとえ壁でも、走っているなら避けられる。

かまいたちは、基本、透明だ。

最初に放たれたときは見事に一発くらって、それでもなんとか首の皮一枚で生き残り、治癒《ちゆ》の柿をかじりながら、命からがら逃げ出したっけ。それからも、かまいたちを出されるたびに一目散《いちもくさん》に逃げ続けて、数十回目の挑戦でようやく『見える』ようになった。

こっちに向かってくる空気の揺らぎが、見分けるポイント……と言いたいところだが、無風の空間をやって来るただ一発のかまいたちならともかく、エスティはしっちゃかめっちゃかの乱気流の中に、わざと無数の小さなかまいたちをまぎれさせてくる。

慣れとカン、そして微妙な違和感。

かまいたちの到達する前の一瞬、かすかに濃くなるエスティのにおい。

無意識の中の、刹那《せつな》の判断だ。

今では、集中さえ途切れなければ、ほぼかすることもなくなった。

剣は攻撃のために温存。

ひたすら足でよけ続ける。

重要なのは、かまいたちを放っている間は、たまにブレスが降ってくることはあっても、爪や牙や尾が飛んでくることはないってことだ。つまり、オイラにとって、地面に足がついている限り、今が絶好のチャンス、ってわけ。

かまいたちが一瞬途切れた隙に、オイラは胸元の金具を外した。

しゅるっ、とリュックの背負い紐《ひも》が自重に引かれて後ろに流れた。

ドシンッッッッと重い音を立ててリュックが地面に激突し、オイラはさらに加速する。

リュックを手放せば剣の補充は出来なくなるし、回復の柿も取り出せない。けれどそのぶん、小回りがきく。

次の一撃で仕留められなければ、後はない。

でもそれは、いつものこと。

かまいたちの合間に繰り出されるブレスに追われつつ、オイラはエスティへと一気に駆け寄った。

そのままエスティの股《また》の間を走り抜けると、尻尾からその左肩目がけて必死に駆け上がる。

エスティの皮膚《ひふ》は高温の炎をまとっている。炎に強い鍛冶屋のブーツの面目躍如《めんもくやくじょ》だ。それでも、足の裏にじゅわっと嫌な感触がする。だけど、このスピードなら焦げたにおいは後ろに置き去りになって鼻へは届かない。

左肩の後ろに、一枚だけ、わずかに色の薄いウロコがあった。

オイラの狙いはコレだ。

戦いながら、全身をくまなく観察して見つけた。

オイラはウロコの隙間に下から剣を潜り込ませ、渾身の力を込めて切り上げる。

パキィィィインッッッ！

「やったぁ！！　とったよぉぉおおおっっっっ！！！」

キレイな金属音を立てて、オイラの剣は真っ二つに折れてしまったけれど、その代わり、オイラの手にはエスティの大きな真っ赤なウロコが一枚握られていた。鍛冶屋の手袋を通して、じんわりと熱さが伝わってくる。

ウロコを剥いだ勢いでそのまま背後にすっ飛んだオイラに、エスティの手が伸びる。

……そして、そのまま優しく受け止めてくれた。その手のひらに、既に炎はない。

『やられたのぉ』

「エスティ、後ろにはブレスしないからさ。かまいたちもだいぶ見えるようになったし！」

『段々と強くなっていくのぉ。我も、いつも次が楽しみでならぬ』

エスティはそのまま人型に変化すると、横抱きにしていたオイラを地面に降ろしてくれた。

元が巨大なエスティは、人型になっても父ちゃんより背が高い。深紅《しんく》の長い髪に、炎のようにグラデーションのかかったドレス、ガーネットの瞳。驚くほどの美人さんで、その迫力も驚くほどだ。

多分、人型で街に降りても、一発で正体がバレる。

「だ、大丈夫か、ノア!?」

そこに、父ちゃんが走り寄って来た。オイラを心配して来てくれたんだろうけれど、耳は後ろにペタリと寝て、尻尾もくるりと股の間に挟まっている。ガタガタぷるぷると震えていて、怖いのに相当無理をしているようだ。

犬の獣人は、いくら表面を取り繕っても、内心がしっぽに表れるから不便だよね。

まぁ、そのぶん、真正直な一族として一部では就職が有利だったりするみたいだけど。

「大丈夫だよ、父ちゃん。ほら、この通り。無事にウロコもゲット出来たしさ」

「ウロコ？　お前が鎌に使おうとしてた、火竜のウロコ、ってまさか……」

「うん？　エスティのだけど？」

「馬鹿野郎！　そりゃあ火竜のウロコじゃねぇ、『女王竜のウロコ（火）』だ！」

エスティの前だということも忘れて、父ちゃんは頭を抱える。

「火竜のウロコだってとんでもねぇのに、よりにもよって数十倍の効力と価値のある、幻の『女王竜のウロコ』を、草刈り鎌……」

「なに、我のウロコを、草刈り鎌とな？」

人型に変化したエスティの声は、脳に直接響くようだった竜型のときのものより、ずいぶん聞きやすくなっている。

「そうなんですよ。隣のテリテさんに頼まれた、とか言って……」

「なに、テリテ？　それなら仕方あるまい。ノアがよく言う、大恩《たいおん》ある『隣のテリテおばさん』であろ？　恩人に最上級の返礼をするのは、当然であるからのぉ」

「テリテさんのことまでご存じなんですか……」

怖がりながらも、父ちゃんが普通にエスティと話しているのを見て、ようやくルル婆とララ婆、マツ翁が近寄ってくる。

「こりゃ、ノアしゃん！　何の説明もなく、いきなりこんな場所に連れて来おって！　寿命が十年は縮んだよ」

そのルル婆を見てエスティが薄く笑う。

「ほう。その歳で十年縮んだなら、もはや棺桶《かんおけ》に入っても不思議はないのぉ。人とはまこと生き急ぐ生き物じゃ。これ、ノア。おぬしもこのようにシワクチャになる前に、我とつがい、人の理《ことわり》を抜け出すが良いぞ」

「あたしゃらより遥かに年上の竜が、何を言うんでしゅ？　ノアしゃんはまだ十四。子どもでしゅよ、子ども」

「人の世では、十四で婚姻《こんいん》する者はおらぬのか？」

「それはしょのー。貴族とかならば、いないこともないでしゅかの」

「こら、ララ！」

「本人を放って、話を進めないで欲しいなぁ。で、肝心なことを忘れてるよ。ルル婆、オイラのレベルは上がった？」

ルル婆が、かけっぱなしだったグルグル眼鏡を慌てて直して、オイラを見る。

「ほー、なんとこれは。家を出るときまで５９６だったレベルが、６０１。五つも上がってるよ」

「おー」

これで黒モフと一緒にいられる。

喜んだのもつかの間。エスティから不機嫌そうなオーラがゆらりっと立ち上った。

「ノア。おぬしは、レベルを上げるために、我との戦いを利用したと申すのだな？」

オイラは大慌てでエスティに平謝りして、事情を説明するのだった。

# 07　オイラの何の変哲もない日常③

「なるほど。黒モフのためにのぉ。人間とは、面倒な決まりがあるものじゃの」

一応、オイラの必死の説明で、エスティは納得して許してくれた。

「で、『竜の棲む山脈』に入ってからずっと疑問だったんだけれどね。ノアしゃん。多くの魔獣に攻撃もされず、攻撃をされても、爪や牙を奪うとあっさり魔獣が引き上げる……あれはいったい、どういうことなんだい？」

ララ婆の言葉に、父ちゃんやルル婆も、うんうんと頷いている。

「何か変？」

「普通、傷つけられたら逆上して襲ってくるものだろう？」

「そうなの？」

首を傾げるオイラに、エスティが笑って手を振った。

「普通の魔獣はそうよのぉ。ここ『竜の棲む山脈』以外では、気を付けるが良いぞ、ノア。魔獣にもピンからキリまでおってのぉ。ここの魔獣は、知能が高いものが多い。我らはの、ノアと賭《か》けをしておるのよ。ノアが賭けるのは己《おの》が命。我らが賭けるのは、己が素材。素材を採る前に殺されれば、ノアの負け。殺す前に何がしかの素材を採られれば、魔獣の負け。その場合は負けを認め、潔《いさぎよ》く引き下がる。いつの間にか、それがルールとなった」

「よくもまぁ……。今までノアしゃんは、賭けに勝ち続けていたということでしゅな。『竜の棲む山脈』にそんなルールがあったなんて、知らなかったでしゅよ」

「これ、勘違いするでない。このルールは、ノアと我らとの間にのみ存在するもの。他の人間が縄張りに入って来たなら、たとえ殺される前に素材を採ったとしても、追撃されるであろうな」

「そうなの？」

びっくりしているオイラに、エスティは優しく笑った。

「ノアは、特別なのじゃ。何しろノアは、ここ『竜の棲む山脈』において、一匹の魔獣も殺してはいない」

「「えっ⁉」」

父ちゃんとルル婆、ララ婆が驚いた。無言だけれど、マツ翁も驚いているようだった。

「自分よりも弱い魔獣も、自分から襲い掛かって来た魔獣も、じゃ。ノアは、素材だけ採ると一目散に逃げる。まして、自分から魔獣に攻撃を仕掛けることもない。それに興味を持って、我の配下の火竜がノアに聞きに行ったのじゃ。なにゆえ我らの領域に立ち入るのか、と」

「そりゃあもちろん、鉱石と素材を拾いに」

答えたオイラに、エスティは深く頷いた。

「聞けば、母が死んでから、酒浸りになった鍛冶士の父のために、父が再び金槌を握ってくれるような、素晴らしい鉱石と素材を探しているのだと言う。我らも驚いた。我らの領域にやって来る人間は、皆、我らを殺しに来る者ばかりと思っておったからのぉ」

そこで、エスティは意味ありげにルル婆たちを見やった。

確かに元勇者パーティというなら、魔獣を殺しに来る代表格なのかもしれない。

「我らは本来、そこまで好戦的な種族ではない。自らを殺そうと思っていない相手を、一方的に蹂躙《じゅうりん》するほど野蛮《やばん》ではない。ましてや初めてここに来たとき、ノアはほんの子どもであった。毎日毎日やって来るノアは、もはや皆にとって見慣れた存在となった。竜の眷属と同じようにのぉ。たまに突っかかる魔獣もおるが、ノアが当初からやっていたことは次第にルールとして浸透《しんとう》し、今では若い魔獣たちの良い鍛錬となっておる」

オイラの頭を撫《な》でながら、エスティは優し気に目を細めた。

「やがてノアは、我の元にまでやって来られるほどになったが、我との戦いにおいてもルールは変わらぬ。我は全力でノアと戦い、ノアは全力で我の素材を採りに来る。そして戦いが終われば、しばし語らってノアは帰る。今では、我はノアがやって来るのが楽しみでならぬ。普通なら絶望的なほどの実力差を、ものともせずに挑み来る。何度も何度も懲りもせず。これほど気骨《きこつ》のある者は、今時火竜でも珍しい」

表情のわりに、あんまり褒《ほ》められてる感じがしないのは、気のせいかな？

気のせいだよね？

エスティの話を聞いて、ルル婆は、はーーーっと大きく息をついた。

「これで納得がいったよ。あんまり知られてないことじゃけどね。経験値を得るのに、何も相手を殺す必要はないんじゃ。それよりも大切なのは、レベルが上の相手に挑むこと。戦う相手のレベルが高ければ高いほど、経験値は多く獲得出来る。けれど、レベルが上の相手と戦うのは、命がけじゃからね。なかなか進んで戦おうっていう冒険者はいないのしゃ。冒険者ギルドでも、同程度の魔獣との戦いが推奨《すいしょう》されているしね。同じ程度か、レベルが下の相手と戦った場合、それこそトドメでも刺さなければ、ろくな経験値は得られない。じゃから、ほとんどの冒険者は、魔物にトドメを刺す。しょれに相手を殺せば、肉も素材もあるだけ手に入るからね」

「そんな、もったいない。確かに一度に手に入る素材は多いかもしれないけど、爪とか牙だけもらって別れれば、次に会うまでには勝手に回復して、また素材も復活させといてくれるのに」

口をとがらせたオイラに、エスティが驚いた目を向ける。

「なんと。おぬしが魔物を殺さぬのは、そんな理由じゃったのか？」

「まぁね。それもある。……がっかりした？」

オイラが、聖人君子《せいじんくんし》のような理由で魔物を殺さないのだと思っていたら。エスティは幻滅《げんめつ》してもう遊んでくれなくなってしまうだろうか？

「いや。腑《ふ》に落ちたわ」

ニヤリ、と笑ってオイラの頭をぽんぽんしてくれたエスティは、いつものエスティだった。

「ノアしゃんの言う通り。一度殺してしまえばそれで終わりじゃ。経験値もまたしかり。しょこの火竜の女王と戦って、仮に殺せたとしゅる」

「ルル姐、そ、そんなこと言っちゃあ……」

やっぱり怖いのか、父ちゃんのしっぽと耳はまだ回復しない。

「仮に、と言っておるじゃろうが。火竜の女王を倒した経験値は、軽くレベル100分はあるじゃろう。が、それはしょこで終わりじゃ。女王のレベルが、2000なのか3000なのか、今のわしゃの鑑定では分からんが……それだけ高レベルの相手に何回も挑んで、命がけの戦いを経験し続けるとしゅる。今回の戦いだけでも、レベルが五つ上がった。二十回も戦えば、レベル100分。ノアしゃんのレベルの謎が、これで解けたわけじゃな」

「なるほど〜」

「こら、ノア。なんでそこでお前が感心するんだよ」

「だって、そんなこと考えて通ってなかったし？　エスティのとこにはマグマ石も素材もいっぱいあるし、エスティは遊んでくれるし、来るの楽しいんだよね」

「素材に関しては激しく同意するが、あの命がけの戦いを、遊びとか……」

肩を落とす父ちゃんに、オイラは首を傾げる。

「虎と友だちの子ネズミが一緒に遊んだとして、一歩間違えば死んじゃうのは、もうどうしようもなくない？」

「例えの段階で、もぉ……」

なんだか父ちゃんが絶望したような顔をしているんだけど？

「まぁ、似た者親子はしゃておき、結果的にノアしゃんは、最も効率良くレベルアップ出来ていた、というわけじゃな」

そこで、まだしっぽも耳も微妙にフルフルと震えている父ちゃんの肩へ、エスティがするりと手をかける。

「ところで。おぬしが、ノアの『父ちゃん』かのぉ？」

「…………」

ピキーーン、と固まったまま、父ちゃんの頭がぎこちなく縦に振られる。

「ほぉ。おぬしが、『母ちゃんが死んでから、酒におぼれて、鍛冶もほとんどしなくなって、ノアの稼ぎとテリテおばさんから分けてもらう食料で何とか生活している』という、ノアの『父ちゃん』か」

父ちゃんの顔が、段々と青ざめて引きつっていく。

「『母ちゃんが集めていた素材も自分が打った名剣も騙し取られて』、ノアに『鍛冶をさせたいなら鉱石を拾ってこい』と言ったという、あの『父ちゃん』か？」

父ちゃんが涙目になってこっちを見る。

この父ちゃんをかわいいと思ってしまうあたり、オイラもだいぶどうかしていると思う。母ちゃんのことを言えないな。

「ノアにはずいぶんと世話になっておる。暇《ひま》つぶしのいい相手でな。火竜にも滅多《めった》におらぬほどの、鍛《きた》えがいのあるかわいい友じゃ。それに、ノアは的確《てきかく》に、生え変わる寸前のウロコを狙って採ってゆくのじゃ。古くなったウロコはかゆくての。特に背中は手が届きにくいし。いつも助かっておるのじゃ」

エスティの整えられた爪先が、すうっと父ちゃんの首筋を辿る。エスティが一瞬でも爪を立てれば、父ちゃんの首は無事では済まないだろう。

父ちゃんは、犬歯まで見せて歯をガチガチさせている。

かわい……いや、何とかしてあげないとまずいかな？

「オイラの相手は暇つぶしなんだ？　生え変わるウロコを狙ってるのは、そこが一番剥ぎやすいからだよ。父ちゃんの剣ならともかく、オイラの打った剣じゃ、とてもじゃないけど、エスティのまともなウロコには歯が立たないし」

「ほぉ。『父ちゃんの剣』とは、それほどのものなのか」

エスティが、すうっと目を細める。

「もちろんだよ。父ちゃんの打った剣がまだ残ってたらなぁ。エスティにも見せてあげられたのに。本当に綺麗なんだ。エスティのウロコも綺麗だけど、ただの鋼が、父ちゃんの手にかかると、どんな宝石も敵《かな》わない極上《ごくじょう》の輝きに変わるんだよ。濁った色だった鉱石が、赤くなって、黄色くなって、叩かれるたびに火花を散らして、少しずつ少しずつ生まれ変わっていくんだ」

オイラの中にある記憶。まだ母ちゃんが生きていて、父ちゃんが毎日のように剣を打っていて、怒られながらも毎日毎日鍛冶場に出入りしていた、幸せな記憶。

「叩いた時に飛び散った金属の欠片《かけら》を拾い集めるのは、ちっちゃい頃からオイラの仕事でね。母ちゃんが炭を切る横で、真剣に探してたなぁ。ゴミみたいな黒い粒が、父ちゃんに渡すと、また赤い金属の中でひとつに溶け合って、また飛び散って。また集めて。ひとつになって。この飛び散った欠片は、本当は剣に一番向いてる金属なんだ、よくこれだけ集めた、って父ちゃんが頭をぐりぐりしくれて。薄暗い鍛冶場の中での炉の赤い火が、本当に綺麗でね。どんな魔法より、あれが一番の魔法だと思う。オイラの一番好きな時間だよ」

最初は鍛冶場に入ることすら、危ないからと許してもらえなかった。

それが、そんなに好きなら、と諦め半分に許してもらえるようになり、少しずつ少しずつ、手伝えることが増えていった。

炭が燃えるにおい、焼けた金属のにおい、赤く照らされた父ちゃんから飛び散った汗が、炉の熱でジュッと蒸発するにおい。今の酒に濁った目が嘘のような、父ちゃんのギラギラした真剣な目と、それをサポートする母ちゃんの真剣な、でも満ち足りた顔。

暑くて、熱くて、危なくて、火に照らされた皮膚がヒリヒリする。

それでも、飽きもせずにずっと、炉の火と、焼けた金属と、金槌の火花を見つめていた。

料理も掃除も鍛冶も、今より出来ることは少なくて。それでもやりたいって無謀に手を出しては怒られることも多かったけれど、父ちゃんも母ちゃんも、オイラを見てくれていた小さな頃。

鍛冶の記憶は、そのまま、オイラの一番大切な記憶につながっている。

「ふむ。竜の親子の在り方は人とは異なるゆえ、そうか、としか我は言えぬが。それは、ノアにとって大切な思い出なのだな？」

「そうだよ？」

肯定するオイラに、エスティは納得したようなしていないような、複雑な顔を向ける。

「我の大事なノアに面倒しかかけぬ父親じゃ。いらぬのなら、どさくさに紛れて我が消してやろうかと思うたのじゃが」

「ダメだよ⁉　なに言ってんの⁉」

思わずつっこんだオイラに、エスティが不思議そうに首を傾げる。

「じゃが、この男、ノアよりよほど弱いではないか。ノアが構う価値などあるまい？」

「強さだけで決めないでくれる⁉」

「強さ以外の価値など、この世にあるものなのか？　ふむ」

父ちゃんの首筋を掴んだまま、エスティがニンマリと笑った。

「決めたぞ。我も、共に人の街へ行こうではないか」

「は？」

オイラを含む、全員の目が点になる。

確か、エスティの人型は街に行ったら一発でバレる……と、さっき考えたばかりだったような。額の脇《わき》から後ろに生えた立派な竜の角も、お尻から伸びた太い竜のしっぽも、とても他の獣人と言ってごまかせそうにない。

「おぬしがそこまで言う鍛冶の腕。ほんに惜しむほどの技なのかどうか、我がとくと見分《けんぶん》してやろうぞ」

にっこりと笑ったエスティだが、目が笑っていない。

やばい。

本気で、父ちゃんが結構ピンチだ。

『陛下』

そこに、竜型のエスティよりはひと回り小さい、けれどかなり巨大な火竜が、バッサバッサと翼をはばたかせながら舞い降りて来る。

「あ、ラムダさん」

『これはノアさん。おひさしゅう』

火竜、ラムダさんの体がほの白く光り、人型に変化する。

ラムダさんは、エスティより年かさに見える、燕尾服《えんびふく》姿のいかにもモテそうな人間のお兄さんに変わった。いわゆるエスティの側近《そっきん》、というかお目付け役だ。

「まだ本日のご予定が残っております。第一、陛下おん自ら、人の街に行かれるなど、おじいさまが聞かれたら何とおっしゃるか」

「固いことを申すな。他の竜族からの使者など、待たせておけば良いではないか」

「……仕方がないですね。では、私もお供させて頂きましょう」

「はぁ？」

エスティを止めるかと期待させておいてからの、あんまりなラムダさんの言葉に、オイラたち人間の気持ちはひとつになる。

……やばい、同類だ。

「ラムダも参るのか？」

露骨に嫌そうなエスティに、ラムダさんはにっこりと笑う。

「もちろんでございます。陛下の粗相《そそう》の後始末ですとか。陛下の失言へのフォローですとか。陛下への無礼への制裁《せいさい》ですとか。陛下がいらっしゃる限り、人の街においても私の仕事はたんとありますので」

ラムダさんが、意味ありげにオイラの方を見てクッと笑う。

……オイラ、何かやらかしてたっけ？

優しげな見た目とは裏腹に、毒舌《どくぜつ》気味なラムダさんは、結構イイ性格をしていそうだった。

## 08　大賢者《ルル》から見た異常な日常

その赤く美しい巨体を見た瞬間、全身から血の気が引くのが、はっきりと分かった。

脊髄反射《せきずいはんしゃ》で、全力の魔法障壁を展開する。

次の瞬間、巨大な口から放たれた強大なブレスが、わし——ルルの張った魔法障壁にぶち当たった。

視界が赤く染まる。

……嫌な予感はしていたんだ。

まさか、火竜女王とは。

女王竜のブレスは、わしの全力の魔法障壁でギリギリ防げる強さだ。

それでも、きっとまだ向こうは全力じゃあない。

一瞬でも気を抜けば、押し負ける。

押し負ければ、わしの魔法障壁の中にいる、ララもマッセイもノマドも消し炭になっちまう。

歯を食いしばって、障壁に集中する。

こんなに本気で魔法を展開したのなんて、何十年振りだか。

「あ、あああああれはっ!? 火竜!? ……ノアはっ!? ノア! ルル姐の魔法障壁の中に、ノアがいない!?」

呆然としていたノマドが、ようやく声を絞《しぼ》り出す。

戦闘職ではないとはいえ、一時期冒険者もしていた男が、まったく情けない。相変わらず、鍛冶場とそれ以外での落差の激しい男だよ。ララとマッセイは青ざめつつも、ブレスが途切れたときに備えて臨戦態勢になっているっていうのに。

まぁでも、自分の子に『友達を紹介する』って言われて、いきなり女王竜のブレスが飛んでくれば、冒険者であっても大抵は固まるかね。

「……エスティ! あれはオイラの父ちゃんなんだぞ! いきなり何するんだよ!?」

ノアさんの叫び声が、ブレス越しにかすかに聞こえる。

さほど心配はしていなかったが、案の定、ノアさんは無事な様子だ。

というか、ノマドだけじゃなく、わしらもいるんだけどね。むしろノマドは足手まとい……いやいや。

『父ちゃんだと？　親を紹介するということは、人の間では、つがいになる前段階の行為だと聞く。我を娶る気にでもなったのか？』

火竜女王がノアさんにしゃべりかけたとたん、大河《たいが》のようにこちらに襲い掛かってきていたブレスが、ピタリとやむ。わしの体感的にはとても長い時間に思えたが、実際には十秒にも満たなかっただろう。

ララとマッセイが、何をしているんだ、というようにわしの顔を見るが、まだ魔法障壁は解かない。

普通の魔法障壁ならば、術者の意向と関係なく障壁の外に出ることが出来るが、今回わしが張ったのは、内と外とを完全に隔絶《かくぜつ》する最も強力なものだ。わしが一旦解かない限り、ララたちは外に出ることも出来ない。

ララとマッセイは、すぐさま飛び出してノアさんの救助に向かいたいんだろう。

けれど、ここで魔法障壁を解いたら。

間違いなく、全員死ぬ。

そんな予感がひしひしとしている。

あの火竜女王とは、若い頃に一度顔を合わせたことがある。

戦った、というのもおこがましい。

全力で逃げた。

そして、今の自分がいる。

あの時からずいぶんレベルは上がったつもりだったけれど……

まだ、火竜女王のステータスを見ることは出来ない。

『鑑定』の魔法は、自分より遥かにレベルが上の相手のステータスを見ることは出来ない。初見でステータスが見られなかったら、全力で逃げる。そうやって、この歳になるまで生き延びてきた。

以前、あの女王竜と会ったとき、珍しくララとは別行動だったし、マッセイとはまだ会ってもいなかった。

だから、二人は知らない。

あのときの恐怖を。

今の自分よりもよほど強かった、時の大賢者も勇者も歯が立たず、まだひよっこだった自分を抱えて一目散に逃げてくれた。

「ノアの剣がっ！」

ノマドが悲鳴を上げる。

女王竜に斬りかかったノアさんの剣が粉々に砕けていた。

「あんな火竜相手に、素手でどうしろってんだ！」

ノマドによると、ノアさんの剣はスピード重視。攻撃力はそこそこあるものの、耐久力はないに等しい、とのことだった。

ノアさんは剣の柄を投げ捨てると、辺りの岩壁を蹴って移動し始める。

そして、背のリュックから、二本目の剣を引き抜いた。あんな重しにしかならないリュックをなぜ背負ったまま戦っているのかと思っていたけれど、どうやらノアさんは、剣が壊れるのを前提で戦っているらしい。

そのまま、あちこちに飛び移りつつ、女王竜の攻撃を器用に避けている。

「当たるっ！　危ない……右だ、ノア！」

女王竜の攻撃が繰り出されるたび、ノマドの悲鳴に近い叫びが響く。

ノアさんに避けられた女王竜の攻撃は、次々と周りの岩壁にぶち当たる。そのたびに、岩肌は砕け、溶岩の水たまりが生まれていく。

「いつもどこから、そんな偏った人間の知識をっ！　聞きかじってくるんだよ!?　友だちにっ！　家族を紹介しちゃダメなのかよっ!?」

『我が棲み処にこそこそと無断で立ち入ったのだ。お仕置きくらいは当然であろ？　まして、あれは大賢者ではないか。あんなそよ風程度でどうにかなるほどの婆ではないわ』

婆？

わしがひよっこの頃から、今と変わらぬ姿の竜が、わしを婆だと？

「あんたに婆ぁ扱いしゃれるいわれはないよっ！」

『確か、あの婆とは百年ぶりくらいかの？　以前に会った折は、まだほんの小娘だったか。少し見ぬ内に大賢者とは、大した出世よの』

「わしゃは、まだ百年も生きちゃいないよっ」

魔法の杖のひとつも投げつけたいところだが、それをしたら魔法障壁を維持出来なくなる。

奥歯をギリリと噛《か》みしめて、女王竜の挑発《ちょうはつ》に耐える。

どうせ、魔法障壁を解いたら最後、こちらに攻撃を飛ばし、ノアさんの隙を作るつもりだろう。

もっとも、わしらにそこまでの価値があるとすら認識されてもいないかもしれないが。

「よけろ、ノア！　危ない！　友達じゃなかったのか⁉　俺らならともかく、なんでノアを攻撃するんだ⁉」

「まぁ、ノアしゃんも攻撃してるけどね」

「ノアの攻撃なんて、火竜にとっちゃあかすり傷にもならねぇだろ！　火竜の攻撃が、ノアに当たったら……！」

確かにノマドの言うことももっともだが、わしにはどうも、女王竜もノアさんも楽しんでいるように見える。

ノアさんの身のこなしは、いかにも慣れた様子で、ブレスも爪も危なげなくよけている。ララもマッセイもそれが分かってきたから、わしに無理に魔法障壁を解けとは言い出さないのだろう。

「魔物の友情ってのは、人とは違うんだよ。あたしゃにも竜の友人がいるけどね。まぁ、大抵、出《で》合頭《あいがしら》に攻撃してくるよ。あいさつ代わりっていうか。その上、友人に手加減するのは失礼なんだしょうだよ」

「せめて攻撃をいなせないと、奴とは友人にはなれんということだな」

マッセイがうんうんと頷いている。

わしとマッセイ共通の友人は風竜で、普段はごく穏やかな男だ。

その男から聞いたが、竜には竜の友情というものがある。

よほど格が違わない限り、久しぶりに会った友人には、『まずあいさつ代わりの一撃』が適用されるそうだ。

「竜はじゃれてるつもりでも、こっちの実力が伴《ともな》わなきゃ大怪我、ってことか……」

眉間にしわを寄せたノマドが、それでも多少落ち着いてきたのか、ふと女王竜の足元を見て、

「マグマ石があんなに落ちている、ノアはあそこから拾って来たのか」、と感心したようにつぶやいた。

マグマ石は、常に高温と高濃度の魔素にさらされた鉱石が変化して生じる、と言われている。魔素というのは、世界に遍《あまね》く存在する魔力の素《もと》だ。その特に濃い場所を『魔物の領域』と呼んでいて、魔獣はそこを好む。

確かに火竜の女王の棲み処ならば、マグマ石が出来る絶好の条件だ。一方で、だからこそ、マグマ石が市場に出回ることはほとんどない。金を積もうにも、物そのものがないのだ。

火竜の棲み処から鉱石をかすめ取れる冒険者など、ほとんどいない。普段からここに出入りしているらしいノアさんならば容易《たやす》く手に入っただろうが、マグマ石で草刈り鎌、と聞いたノマドが目をむいたのも当然だ。

どうやらこの辺りは、女王の鍛錬場所にでもなっているのか、あちらこちらに戦闘の傷が見える。奥に行くに従って、神殿のような城のような造りになっているけれど、手前のここは自然の洞窟の

ままで、鉱石もゴロゴロ転がっている。

「うわっ!?」

突然、女王竜の攻撃が、翼からの暴風とかまいたちに変わった。

それまでも、時折、流れ矢ならぬ流れブレス、飛んできた石くれが魔法障壁にガンガン当たっていたが、かまいたちは無差別・広範囲型の攻撃だった。

魔法障壁を張ったままにしていなかったら、あっという間に全員切り裂かれていただろう。

「ましゃか……見切っている!?」

ノアさんの動きを見守っていたララが、驚いたように叫ぶ。

ララは大盗賊。

盗賊というのは、鍵の解除や罠の設置・解除、さらには敵の察知に特化した軽戦士を指す。身軽さと速さにおいて、ノアさんと似た戦い方をする。

盗賊にとって、広範囲殲滅《せんめつ》型の魔法攻撃は天敵だ。

その道に特化したララが、息を呑んだ。

「目には見えないかまいたちを、この暴風の中で!? 一発もくらってないよ!」

「一発でもくらったら大惨事じゃないか」

「シロウトは黙ってな！」

まさに手に汗握る面持《おもも》ちで、ララは真剣にノアさんの動きを追っている。

おそらく、ノマドにはノアさんが何をしているのか、ほとんど見えていないに違いない。ちょこまかと細かい移動は、完全にかまいたちが『見えて』いる動きだ。

「リュックが！」

かまいたちがかすったのか、ノアさんのリュックが肩から落ちた。

あれを手放したら、剣の補充が出来ない。

その直後、かまいたちに重ねられたブレスによって、ノアさんが女王竜のほうへと追いつめられる。

「ノア！」

ノマドが反射的に目をつぶった瞬間。

ノアさんが女王竜の背中を駆け上がり……

パキィィイインッッッ！

ノアさんの剣が、壊れる音がした。

落下するノアさんに、女王竜の手が伸びる。

「早く魔法障壁をお解きっ、ルル‼　ノアしゃんがっ！」

顔色を変えたララとマッセイに促《うなが》されるまでもなく、わしは魔法障壁を解き、氷の最大攻撃魔法の詠唱《えいしょう》に入る。

ララとマッセイは走り出そうとして……直後。

「やったぁ！！！　とったよぉぉおおおっっっっ！！！」

ノアさんの、能天気《のうてんき》な喜びの声が響いた。

『やられたのぉ』

女王竜の声は、セリフと違って楽しそうだった。

「だ、大丈夫か、ノア？」

先ほどまで気絶しそうだったにもかかわらず、足をがたがたとさせながらも、ノマドがノアに走り寄る。

女王竜は人型に変化していた。

この変化というやつ、かなり高位な魔物しか使うことが出来ない。人型になったというだけで、女王竜のレベルのほどが分かるというものだ。

ところが、色々ある内に、人型に変化出来る竜がもう一頭増えた。

その上。

「我も、共に人の街へ行こうではないか」

「では、私もお供させて頂きましょう」

一頭でも山から下りれば、王都が壊滅するクラスの魔物が、二頭とも街へ行く、と言い出した。

ちら、と横眼で見ると、ララもマッセイも頭を抱えている。

ノアさんも唖然としていることから、マズい、という認識はあるらしい。

ましてマッセイは今、冒険者ギルドの重鎮《じゅうちん》だ。立場から言っても、容認出来るものではないだろう。

そこに。

『何を、しているのです』

ゆらっ、と何もなかったはずの空間から、巨大な竜が音もなく降ってきた。

その勢いのまま振り下ろされた拳が、ラムダと名乗った火竜の頭に命中し、頭まで地面にめり込ませる。

「じ、じぃっ」

「おじいさまっ」

あの女王竜が、見間違いようもなく焦っている。

めり込んだ地面から襟首を掴《つか》まれて引きずり出されたラムダは、顔色を緑に変えた。

『エスティお嬢さまをお止めせねばならぬお前が、何をふざけたことをぬかしおる』

「セバスチャンさん」

『おお、これはこれはノア様。お嬢さまと愚孫《ぐそん》が、まことにご迷惑をおかけしました。ほれ、お嬢さま、ラムダ、参りますぞ。風竜王のお使いが、先ほどより待っておられますからな』

風竜は、西の大砂漠の上空にある浮島に城を持つと聞く。

火竜は大火山である『竜の棲む山脈』に。水竜は北海に。木竜は東の大森林に。土竜は地中に。

『竜の棲む山脈』は大陸のほぼ中央に位置し、それを背後に頂くデントコーン王国もまた、大陸の中央南に位置する。

「ノ、ノア、たすけ……」

『何かおっしゃいましたかな、お嬢さま』

そのまま、初老？　の火竜は、竜型化した女王竜と、火竜の襟首を両手に掴んで、ずりずりと奥へ引きずっていった。

人型にこそならなかったが、おそらく、先ほどの火竜の青年よりもずっとレベルが高いのだろう。

なんとはなしに、面識があるらしいノアさんに全員の視線が集まる。

ノアさんは、ちょっと肩をすくめると解説してくれた。

「今のは、セバスチャンさん。多分、偽名だけど。オイラが知る限り、火竜最強の執事だよ」

## 09　冒険者ギルドへ行ってみた①

「それでは、こちらの黒枠の中に、お名前、生年月日、職業と種族、血液型、既往症《きおうしょう》、アレルギーなどありましたらご記入ください。黒枠以外の場所は、こちらで記入いたしますので」

ギルドの受付は、キレイなお姉さんだった。

さすがは冒険者ギルド。金余りと言われているだけある。

鍛冶ギルドの受付は、強面《こわもて》のオッサンなのに。

「血液型？　既往症？　アレルギー？　スキルとかじゃなくて？」

エスティの洞窟を出てから、オイラたちは行きと同じように突っ走って、王都まで帰ってきていた。

オイラと父ちゃんが住んでいるのは、外れとはいえ王都・コーンハーベスタの一部だ。さらに言えば、土地は酒代に変えられなかったのか、結構敷地も広い。とはいえ、隣近所は農家ばかり、裏は『無限の荒野』……と、外れもいいところだけれど。

冒険者ギルドで登録ともなれば、当然、王都の冒険者ギルドで、ということになる。

王都は広いので、冒険者ギルドと名のつく建物は、西・東・南・中央と四か所ある。

オイラが来たのは、一番うちに近い東の冒険者ギルドだ。

「ギルドカードは、所有者が意識を失ったときの情報カードにもなります。治癒魔法をかける上で、血液型・既往症の情報があるということは、大きなアドバンテージとなりえます。まして、中には治癒魔法にアレルギーがある方もいらっしゃいますので」

「アレルギーがある人に治癒魔法をかけちゃったら、どうなるの？」

治癒魔法のアレルギーなんて、初めて聞いた。

オイラは今まで治癒魔法なんて金のかかるもの、かけてもらった覚えがないから、アレルギーがあるかどうかも分からない。

「過治癒状態、と呼ばれるものになる方が多いですね。倦怠感《けんたいかん》やむくみ、悪くすると呼吸困難になる方も」

「そりゃあ、書いといたほうがいいね」

受付のお姉さんは大きく頷く。

「一方で、スキルは個人情報に当たりますので、明記されません」

「治療には必要ないもんね」

「そうですね。……ところであなた、その歳で冒険者登録なんて。親御さんはご承知なの？」

「保護者のサインとか必要？」

「十二歳未満なら必要だけど」

ちなみに、ルル婆とララ婆、父ちゃんとマツ翁は、気配遮断の魔法をかけっぱなしで、オイラの後ろのほうにまとまっている。父ちゃんはともかく、ルル婆とララ婆は有名すぎるし、マツ翁も冒険者ギルドでは顔を知られているとのことで、なるべく目立たない方向でいくらしい。

「なら大丈夫。オイラ十四だから」

受付のお姉さんが、ちょっと疑わしそうにオイラを観察する。

そんなにじっくり観察するほど、十二歳未満に見えるの？

「十二歳未満に保護者のサインを求めるのはね、親のいない子どもたちが、幼い内に冒険者になるのを避けるためなの。食べるのに困っているからって、子どもが安易に魔物の領域に稼ぎに行くのは、死にに行くようなものだから」

「大丈夫だよ。オイラ、母ちゃんはいないけど、父ちゃんはいるから」

お姉さんはひとつ頷くと、オイラが書類に記入するごとに、場所を教えてくれたり、アドバイスしてくれたりする。

余談になるけど、王都の住民の識字率は高い。

学校は貴族向けのものしかないものの、王都のあちこちに個人営業の『手習い処《どころ》』があって、大体六歳くらいで入門し、十二歳くらいで卒業する。

とはいっても、『手習い処』に決まった授業料はなく、盆暮れや季節ごとの付け届け（それも食料が多い）だけなので、生活は結構厳しい……と、オイラの行っていた手習い処の先生が言っていた。

それでも「先生」と呼ばれる職は、貧乏貴族の次男三男に人気があり、王都中に『手習い処』が乱立している。

オイラもそれなりに、読み書きソロバンくらいは出来るようになった。

「住所はないいんだね」

「冒険者の方で、決まった住所のある場合のほうが珍しいですから。それから、冒険者活動の途中でアレルギーが判明した場合も、申告《しんこく》してくださいね。また、妊娠《にんしん》・授乳も、治癒魔法、投薬に関して制限がありますので、その期間はギルドカードに明記させて頂きます」

「オイラは、妊娠も授乳もしてないよ」

「お伝えするのは規則ですから」

お姉さんが、オイラを男と女のどっちかだと思っているのかはわからないけど、規則だと言うなら新規登録者全員に告げているのだろう。

「どこの坊やが冒険者ゴッコかと思ったら。ヒヨッコどころじゃねぇ、『鍛冶見習い』だとよ！」

オイラが職業の欄《らん》に『鍛冶見習い』と書き終わったとたん。背後から野太《のぶと》いだみ声がした。

「せめて、はったりでも『剣士』か『狩人《かりゅうど》』くらい書けねぇもんかね！」

振り返ってみると、冒険者ギルドの入り口をくぐったとき、最初に話しかけてきた冒険者だった。

オイラが書類を書くのを、背中越しに覗いていたらしい。

赤茶色のツンツンとしたソフトモヒカンの、ムキムキ強面な猪の獣人だ。猪の獣人は、デントコーン王国というより、大陸北部に多いそうだ。力自慢の職業が多い。

さっきも、「坊や、お使いか？」「ばあちゃんに言われて、冒険者登録に」「こんな坊やに冒険者で稼げたぁ、とんだ業突《ごうつ》くババぁだ」みたいな会話をした。

それを聞いて、密かにルル婆が青筋を立ててたけど。

オイラは、猪のしっぽがかわいいと思う。

「エマートンさん。職業の虚偽《きょぎ》申告は、ギルド法の四条に抵触《ていしょく》します」

「だがよ、スゥ。こんなヒヨッコ……どこじゃねぇ、赤ん坊が、自分で自分の死刑執行書《しっこうしょ》にサインしようとしてるんだ。止めるのが先達《せんだつ》の務めってもんだろ？」

エマートン……面倒臭い、もうエマでいいや。

猪のエマと、受付のお姉さん……ピンクブロンドのウサギの獣人のお姉さんは、顔見知りらしい。

「剣士や狩人、魔法使いの新人なら、入れてやろうってパーティもあるかもしれねぇ。だが、『鍛冶見習い』みてぇな足手まといを面倒見てやろう、なんて奇特《きとく》な奴らはいっこねぇ。多少鍛えたとこで、戦力になりっこねぇからな。いるとしたら、そりゃあ坊やを食い物にしてやろうっつーゴロツキくらいだ。そしたら、このヒヨッコ坊やはソロになるしかねぇ。死にに行くようなもんじゃねぇか」

「冒険者登録、またパーティの形成は、個人の責任です」

お姉さんが、オイラの書いた書類を受け取りつつ、こっそりとささやく。

「悪く思わないであげてね。エマートンさん、Bクラスの実力派の冒険者なんだけど、こうやって、つけこまれそうな新人が他の冒険者にからまれる前にあえてからんで、よりたちの悪いのを牽制《けんせい》してくれてるのよ。自分より高位の冒険者が目をつけてる相手にからむ奴は、滅多にいないから」

お姉さんが、オイラの書いた書類を基にギルドカードを作り始める。赤字で、『未成年』『保護者有り』など、書類に書き加えていく。

その間も、エマはオイラの後ろで腕組みしながら覗き込んでいる。

よく見れば、そのさらに後ろに、お姉さんの言う『たちの悪』そうな冒険者のパーティもいた。

「ところで、個人識別カードはお持ちですか？」

「って、なんだっけ？」

「以前は市民証と呼ばれていました。ここ数年、王都に戸籍《こせき》を持つ住民には個人識別ナンバーがふられ、出生届《しゅっしょうとどけ》と引き換えにカードが渡されています。カードをお持ちでしたら、冒険者ギルドカードに統合出来ます」

「そういえば、何年か前にそんなのが役所から届いたような気がするけど。でも、どこにあるのかもあやふやだし、当然、今持ってないよ」

「分かります、そういう方はとても多いので。実際、ほとんど使う機会はありませんからね。ナンバーは覚えておいでですか？」

「ナンバーを見た覚えもないからなぁ」

「せめてナンバーが分かれば、多少手続きを簡略化出来たのですが……」

そう言いながら、お姉さんは受付のテーブルの下から白い石板を取り出した。

「これなに？」

「レベル測定の魔道具です」

「？」

「個人識別カードのある王国民でしたら、低レベルであっても、王都が管理している『始まりの洞窟』で初期レベルアップを図ることが出来ますので、比較的安全に冒険者を始められます。が、識別カードを持たない方は、『始まりの洞窟』入場の許可申請が出来ません。ですので、こちらでレベルを測定して頂き、レベル5以下ですと、本日の冒険者登録は不可となります。その場合は、改めて個人識別カードを探して頂くか、個人でレベル6まで到達し、改めて申請して頂くことになっております」

「つまり、レベル5以下だったら個人識別カードが必要だけど、6以上だったら必要ない、ってこと？」

「おっしゃる通りです。実はこの制度、『王都民優遇《ゆうぐう》政策だ』とか、『他国民を差別するのか』とか、非難がとても多いんですが……個人識別カードを導入したはいいものの、ほとんど認知されていない、という現実にヤキモキした王国政府肝入りの取り組みなんです。王国・王都の役所が管理しているものの申請には、個人識別カードを段々と使用するようにしていこう、といった試験段階でして。最終的には、個人識別カード自体を王国全体に広めたいようですが、まだ王都民だけですしね」

「ふーん？」

どうせならここにジェルおじさんがいれば、国民の生の声、ってことでちょうど良かったと思うけど、まだうちで爆睡してるはずだ。

「ヒヨッコ坊やが、レベル６以上なら問題ないわけだな」

覗き込んでいた猪のエマが、ニヤリと笑う。

「これは、レベルを熱に変換する魔道具です。このように……」

受付のお姉さんは机の下から小さなろうそくの束を取り出すと、白い石板の目盛《めもり》に合わせて二十本、等間隔に並べていく。

「石板の上にろうそくを並べて、こちらのくぼみに手を置いて頂くと、レベル1なら一本、レベル10でしたら十本、ろうそくが溶ける仕組みです」

エスティの場合、ろうそくも石板もどれだけ必要なんだろう？

「ちなみに、レベル20以上の人を測る場合はどうするの？」

「新人の冒険者の登録で、レベル20以上の方がいらっしゃることは滅多にありません。が、ベテランの冒険者の方でも、現在のレベルが知りたいとおっしゃる方は一定数いらっしゃいますので、２００までを測定出来る魔道具も別途用意してございます。さらに、普通の冒険者ギルドでは無理ですが、なんといってもここは王都。レベル５００まででしたら測定可能です」

となると、エスティのレベルを測れる魔道具って、そもそも存在しないのだろうか？

火竜の洞窟にならあるかもしれない。

「それでは、こちらに手を置いてください」

「はい」

背後から、猪のエマが興味深げに覗き込む。

オイラは右手を、石板のくぼみの上にゆっくりと乗せ……

「「はっ？」」

ジュッという音とともに、ろうそくは手前から全て、瞬《また》く間に溶け崩れた。

## 10　冒険者ギルドへ行ってみた②

「「はっ？」」

目が点になったお姉さんとエマの、間の抜けた声が響く。

「故障……とかじゃ？」

エマの問いに、お姉さんはぎこちなく頷く。

「そ、そうですね。すみませんが、再度こちらのほうでお願い出来ますか？」

そう言ってお姉さんは、隣の受付のお姉さんから全く同じ魔道具の石板を借りてくる。

先ほどと同じように、ろうそくを二十本並べて……

オイラがくぼみに手を乗せる。

ジュッという音も、溶け崩れるのも、先ほどと全く同じ。

「うーんと、レベル6以上って確定した？　じゃあこれで、冒険者登録はオッケーだね」

「いやいやいや。ちょっと待て」

流そうとしたオイラの首根っこを、エマががっしりと掴む。

オイラの防御力は紙と同じ、ってのは前も言ったと思うけれど、さらに言うなら、攻撃力も塵《ちり》に等しい。スキルポイントを鍛冶（腕力含む）と逃げ足（速さとスタミナ）にひたすら振った結果、オイラの攻撃力は、武器の攻撃補整頼みになっている。

つまり武器を持たない今のオイラは、そこらの冒険者に簡単に負ける。

剣が折れたから徒手空拳《としゅくうけん》で、なんて真似は死んでも出来ない。

まぁ、他の魔獣を相手にするのと同じように、ひたすら足で逃げればいいんだろうけど、首根っこを掴まれた以上……エマがひねろうとしないことを祈るのみだ。

「今の反応はおかしいだろ。レベル判定の石板で、ジュッ、なんて音、初めて聞いたぞ。悪いがスゥ。レベル200までの石板を持ってきてくれ」

「は？　あ、はい」

まだ目を点にしたままだったお姉さんは、エマに促されて慌てて席を立った。奥から、さっきよりもひと回り大きな石板を持ってくる。

「レベル6以上ならいいんじゃないの？　詳しいレベル判定なんて必要？」

「規則では必要ないんですが……私も先ほどの魔道具の反応は初めて見ましたので。魔道具の異常ではないことを証明するためにも、ぜひ」

お姉さんはそう言うと、石板の上にろうそくを十八本立てる。どうやら、レベル30で一本目が、そのあとはレベルが10ごとにろうそくが一本ずつ倒れる仕組みのようだ。

そこにエマが先に手を置く。

すると、手元から順番に徐々にろうそくが溶け始め、くたっ、くたっ、といった感じで二本倒れた。

「な？　これが正しい反応だ。ちなみに俺のレベルは45。B級として妥当《だとう》なラインだな」

「そうですね。これでこの魔道具の性能は証明されました。でも、勝手にやらないでもらえますか？」

結構掃除が大変なんですよ、と言いながら、お姉さんがスクレーパーのようなもので溶けたろうそくを掻《か》きよけていく。

その反動で倒れた他のろうそくも、手早く元の位置に立て直し、溶けた分も補充する。

「それでは改めて。こちらに手を置いて頂けますか？」

言われて、オイラはくぼみに手を乗せる。

やはり、ジュッという音と共に、ろうそくが十八本、瞬く間に溶け崩れた。

「「…………」」

お姉さんとエマが、顔を見合わせて沈黙する。

「……マスター！　マスターぁぁあああっ！！！」

半泣きになったお姉さんが、大声で叫びながら、奥の階段を駆け上がっていった。

その頃には、なんだか面白そうな雰囲気を聞きつけたといった感じで、ギルド内にいた他の冒険者たちも集まって来ていた。

「どうしたんだい、旦那《だんな》？」

「いや、この鍛冶見習いの坊やがな」

「鍛冶見習い!?　鍛冶ギルドならともかく、この冒険者ギルドにですかい？」

「そう。間違いなく、鍛冶見習いの坊やがだな……これを、成《な》し遂《と》げちまったんだ」

そう言ってエマが顎《あご》で示す石板を見て、冒険者たちがざわざわしだした。

「レベル２００!?」

「魔道具の故障じゃねぇのか？」

「今まで見たこともねぇ坊主《ぼうず》が？」

……いたたまれない。

オイラの周りは全て、猪だの、狼だの、熊だの、ムキムキ強面集団で埋め尽くされている。

エマに首根っこを掴まれていなかったら、トンズラしちゃいたいような場面だ。

助けて、という思いを含んで、チラッとルル婆ララ婆のほうを見てみると。父ちゃんはオロオロしているものの、ルル婆ララ婆は何やら満足そうにうんうん頷いていた。

「ちっとは、自分のレベルがまともじゃないって自覚したほうがいいんだよ」

「しょうじゃねぇ」

そんなつぶやきまで聞こえてくる。

オイラより、ルル婆ララ婆のほうがレベルが上なのに。

「どれどれ」

そうこうしている内に、お姉さんを背後に従えて、初老のヤギの獣人が二階から降りてきた。見事な髭《ひげ》に、なぜか、「王国東冒険者ギルド」と染め抜かれたはっぴを着て、片手に抽選会の鐘《かね》を握っている。額にはビン底グルグル眼鏡が乗っていた。

この国では、牛や鹿、羊、ヤギといった角のある獣人は、貴族に多い。

このおっちゃんも、元は貴族の三男とかなのかもしれない。

「この坊やが？」

「そ、そうですぅ。エマートンさんが最初に鑑定して、石板が正常だ、っていうのは間違いないはずなのに」

お姉さんはまだ半泣きだった。

そこ、泣くとこ？

「ほぉ」

ヤギのおっちゃんはオイラの前に座ると、グルグル眼鏡をかけた。

それ、ひょっとしてルル婆と同じやつ？

「スゥや。こりゃあ、石板の異常でも、お前さんのミスでもない。……初めましてだね、わしはこの王国東冒険者ギルドのギルドマスターで、サンワードという者だ。気軽に、サンちゃん、と呼んでくれていいぞ」

「？」

はっぴをガン見しているオイラに気付いたギルドマスター・サンちゃんが、苦笑を浮かべる。

「ああ、ちょうど今、上で年末に商店街でやる福引の話をしていてね。冒険者ギルドも商店街にあるからねぇ。君も、福引とは、万人に平等に夢を与える素晴らしいイベントだとは思わんかね？」

ガシッ、とオイラの手を握って力説する。

「特に今年は、特等のランプ肉を二倍にしようと企《くわだ》てているんだよ」

「ホントに!? サンちゃん最高！　思いっきりかぶりつける大きさの牛肉は、犬の獣人全員の夢だよ！　オイラも、東商店街の福引は逃したことがないから！　まだ二等の明太子《めんたいこ》が最高だけど！」

「おおっ、同志よ！」

握り返したオイラの手を、サンちゃんがさらに握り返す。

うちはあんまり物を買わないから、福引券をそろえるのも大変で、興味のないご近所さんから手伝いの駄賃《だちん》にもらったりする。

「おいおい、福引マニアのギルドマスターと意気投合しちまったよ」

「ホントにマスターをサンちゃんて呼ぶヤツ初めて見た……」

熱く見つめ合うオイラとサンちゃんに、周りが水をさす。

「福引の話は後で語り直すとして。事後承諾《しょうだく》になってしまうが、今、君のステータスを『鑑定』させてもらった」

握っていたオイラの手を離すと、サンちゃんは勢い余って斜めっていた眼鏡をかけ直した。

「受付のスゥから、このギルドではレベル５００まで鑑定可能、という話は聞いているかね？　ここにある石板では、２００までしか鑑定出来ないが……最後の鑑定装置がね、わしなんだよ。鑑定の魔法は、人間相手ならだいだい自分の三倍のレベルまで見ることが出来る。そして、わしのレベルは１６９。だいたい５００までなら鑑定が可能だ、ということだ」

「「「おおおおっっっ」」」

知らなかったらしい外野が、いっせいにざわめく。

この福引マニアのおっちゃんが、猪のエマの四倍近いレベルだとは誰も思わなかったに違いない。

「だが残念ながら。そのわしをもってしても、君のステータスは見えなかったよ」

逆に、今度はしーーんとなった。

しばらくして。

「どういうことだ？」

「ばか、この坊やが５００以上だ、ってことだろ？」

「この細っこい坊主が？」

「斬りかかったら、簡単に真っ二つに出来ちまいそうだぞ」

実際に、じゃあ試してみるか、といった感じで剣を抜きかけた冒険者を、サンちゃんが慌てて押しとどめる。

「待て待て。レベルの高さイコール戦闘能力の高さじゃあない。この坊やが鍛冶見習いだと言うなら、鍛冶で稼いだ経験値なんだろうよ」

「それにしたって、レベル500⁉　いったいどんな鍛冶修業をしたら、そんだけ経験値が得られるっつーんだ⁉」

「しょりゃあ、もちろん、『無限の荒野』での鉱石拾いしゃね」

突然、冒険者の輪の中に、気配遮断を断ったルル婆が割って入った。

「お、お師匠さまっっっっ⁉」

そのとたん、サンちゃんが座っていた椅子からずり落ちると、ずざざざざっっっっっと後ずさり、土下座した。

「おおおおおお師匠様がいらっしゃるとは、なななななな、なにか、不始末でもございましたでしょうかっっっっっ⁉」

「いやしゃ、ノアしゃんの付き添いだけで帰ろうかと思っていたんじゃけどね。懐かしい顔が見えたから、つい顔を出してしまったわ。今は、あんたが東ギルドのギルドマスターじゃったかい。元気にしとったか？」

「はははははははい、お師匠さまもご機嫌《きげん》うるわしくっ！　ということはっ、そこのお坊ちゃんは、お師匠さまのお弟子さまでしたかっっっっ！　それでしたらっ、そのレベルもっ、納得でございますぅぅぅぅぅっっっ」

「って、あんたもわしゃの弟子なんだから、お弟子さまはないんじゃないかい?」

「いえいえいえいえいえ、わしなんぞはっ、ついていけなくて、脱落したクチですからぁっっっ」

サンちゃんは、可哀そうなくらいビビっている。

どうやら、サンちゃんはルル婆の元弟子らしい。どうりで、ルル婆と同じグルグル眼鏡だと思った。

「まさか、大賢者?」

「大賢者のルル様だ」

「ギルドマスターの師匠なのか」

「本物のルル様にお会い出来るとは……」

ギルド内がいっせいにざわめきだす。

魔法使いの中には、ルル婆を拝《おが》んでいる人までいる。

「ノアしゃんは、わしゃの弟子じゃあないよ。しょこにいる、神の鍛冶士・ノマドの弟子じゃ」

ルル婆に顎で示されて、全員の視線が背後の父ちゃんに集中する。

突然名指しされた父ちゃんは、ビクッとしてしっぽを毛羽立てていた。

「神の鍛冶士?」

「聞いたことねぇぞ? すげぇのか?」

「500レベルで見習いなんだ、すげぇんだろ?」

「じゃあなにか? あのおっさんのレベルは、1000とかいうのか?」

いたたまれないのか、段々と父ちゃんの耳が寝ていく。

しっぽも下がってきて……かわい、いや、可哀そう。

## 11 テイマー免許

「で、結局、ノアしゃんの冒険者登録は認めてくれるのかい？」

「ら、らららららららララ様までっっっ⁉ も、もももももももちろんでございます、すぐに処理させて頂きますです、はい、はい」

千切《ちぎ》れるんじゃないか、という勢いでガクガク首を振るサンちゃんを見かねて、慌てて受付のお姉さんが手続きしてくれる。

ルル婆の弟子だったとき、いったいどんな目にあったっていうんだろう？

もれなくララ婆にまでおびえている。

「はい、これで冒険者登録は完了となります。ギルドマスターがおっしゃっていたように、レベルと戦闘能力は比例しませんので、どのようなレベルであっても、まずはFランクからのスタートとなります。Fランクですと初回登録料は無料ですが、一か月以上依頼を受けないと、ギルドカードは失効し、再発行には銀貨1枚の手数料が発生いたします。ランクが上がりますと、失効までの期間が伸び、Bランク以上になりますと、本人の死亡が確認されるか、脱退届が出されるまで無料で自動更新となります。また、ギルドカードは魔道具の一種ですので、変更等ありましたらご自分で書き換えることはせず、お近くのギルドまでお越しください」

さらにお姉さんによると、ギルドは徴税機関になっているそうで、報酬の一割が税金として取られるそうだ。あまりにもギルドを通さない依頼ばかり受けていると脱税で捕まることもあるそうだ。

色々と説明しながら、お姉さんがオイラの名前の書かれたギルドカードを渡してくれる。名前にかぶせて鈍色《にびいろ》のギルド印が押してあり、偽造防止になっているようだ。

裏には、未成年、アレルギーなし、などの情報が書かれている。

「ありがとう。ところで、テイマー免許の申請もしたいんだけど、ここで大丈夫？」

「テイマー免許ですか？　鍛冶見習いさんが？」

「うん。実を言うと、あんまり冒険者として活動をするつもりはなくて、テイマー免許のための冒険者登録なんだ」

「テイマースキルの所持さえ確認出来れば、こちらで大丈夫です」

そう言って、お姉さんは、机の下から拳大《こぶしだい》の魔水晶を取り出した。

「それでは、こちらを握って頂けますか？」

オイラが魔水晶を握ると、水晶の中心が淡く光り始める。

五色に光った魔水晶を見て、お姉さんはにこやかに頷く。

「はい、確かにテイマースキルの所持が確認出来ました。良かった、今度は普通の反応で。スキルレベル5ですね」

固唾《かたず》を呑んで見守っていた周りからも、ほーーーっと安堵《あんど》のため息がもれる。

何を心配していたんだろう？

「スキルレベル5だって結構なもんだが、さっきのを見せられた後だとなぁ」

念のため、さっき増えたスキルポイントは、全てテイマースキルに振っておいた。

ルル婆によると、テイマースキルを取得出来ない種族は多いが、犬の獣人はかなりテイマーに向いているそうだ。

「スキルレベル5ってこたぁ、五匹まで魔獣を従えられるわけだろ？　それだけだって、パーティにいりゃあかなりの戦力だ」

「そもそものレベルが低いテイマーなら、従えられる魔獣も雑魚《ざこ》しかいねぇだろうが、この坊やはレベル５００だもんなぁ」

背後の冒険者たちのセリフをまとめると、テイマーのスキルレベルの数字は、従えられる魔獣の数。テイマーが魔獣を従える（テイマー契約《けいやく》をする）には、基本、本人が戦って魔獣を屈服《くっぷく》させる必要があり、いくらテイマーのスキルレベルが高くても、本人の戦闘能力がないと大した魔獣は従えられない。

魔獣を自分の代わりに戦わせられる、という大きなメリットのあるテイマーが意外といないのは、それが理由だそうだ。テイマースキルにスキルポイントを取られた上で、本人の戦闘能力も十分に高いという条件は、結構な無茶ぶりらしい。さらに、自分より格上の魔獣とテイマー契約出来たとしても、レベル差がありすぎると、隙を見て逃げられることもあるとか。

今、ふと思ったんだけど。

エスティが街に来たい、って言うときには、一時的にテイマー契約をしてもらえればオッケーなんじゃないだろうか？

『従える』という形式だから、受けてもらえないかな？

「では、一度ギルドカードを預からせて頂きますね。テイマー免許取得の旨《むね》、明記いたしますので」

オイラが先ほど提出した書類に、さらに赤字で『テイマー免許有り』と書き加えると、お姉さんはギルドカードを持って一旦奥へ引っ込んだ。

ギルドカードは魔道具の一種、と言っていたから、きっとただ裏にペンで書くだけでなく、何かの処理をするのだろう。

「しょうか、冒険者登録には更新制があったね」

「わしゃらはとっくの昔に、無期限・無料になってたから、すっかり忘れてたわ」

後ろのほうで、ルル婆とララ婆が何やら言っている。

「どういうこと？」

「しゃっき、受付の娘っこが言ってただろ。ノアしゃんはFランク冒険者。一か月に一回は依頼をクリアしないと、冒険者登録が取り消されちまうんだよ。テイマーってのは、冒険者であることが前提だからね。ま、とっととBランクになっちまえば済むことしゃ」

「さすがSランク、言うことがちがう」

エマがポリポリとこめかみを掻く。

確かエマはBランク冒険者。それなりに努力を重ねて、今のランクに到達したんだろうに、婆ちゃんたちったら。

「ん？　Sランク？　誰が？」

首を傾げるオイラに、ララ婆が眉を上げる。

「あたしゃらに決まってるだろ。ノマドは……Bランクになってたかね？」

「オムラのおこぼれで、なってた気がしゅるねぇ」

ちなみに父ちゃんは、ギルドマスターのサンちゃんと何やら意気投合したのか、壁際でぼそぼそしゃべっている。

マツ翁は……あれ、いつの間にかいないや。

「それはしょうと、ノアしゃん。入り口近くの壁に貼ってあるのが、冒険者ギルドに来ている依頼の紙だよ。冒険者ってのは、ギルドに来て、貼ってある依頼の中から出来そうなものを選んで受けて、依頼をこなして報告、ってのが主な仕事だ。でも、素材収集の依頼なら、わざわざ受けてから収集に行かなくても、持ってる素材を収めることで達成になることもある。ざっと見て、今、手持ちの素材で達成出来る依頼があったら、達成していっちまったらどうだい？　しょうすりゃ、一か月近く来なくても済むからね」

「へぇ」

ルル婆に教えられて、オイラはざっと依頼の紙に目を通す。

依頼にもランクが振られていて、ルル婆によると、あんまり自分の冒険者ランクとかけ離れた依頼を受けようとすると、受付で止められるらしい。

依頼達成までの期限が決められていて、さらに期限が短いものほど報酬《ほうしゅう》が高く、あとは、難易度や収集するものの価値によって異なる。赤字で『至急！』とか書かれているものは、報酬が割増しになっているようだ。

薬草採取などの採集系。

魔獣相手の討伐系。

魔獣の素材集めなどの収集系。

商隊同行などの護衛系。

多いのはその四つだけれど、その中に混ざって、なぜか『急募！　河川《かせん》工事人員』だとか『求む・ダンジョン産宝石』だとか『アカバネ商会輸送人員』だとか『フットマウス・デイジーズ侯《こう》爵家臣《しゃくかしん》募集』だとか『鍛え直すならオーマン剣術道場へ』なんて紙も貼ってある。

あれ、最後の、『オーマン剣術道場』って、オイラが行っていた手習い処の先生だ。確かに有名な道場の免許皆伝《めんきょかいでん》だって言ってたけれど、ついに剣術道場まで始めたのか。

オーマン、というのは先生の本名だけれど、穏やかで真ん丸な顔と体型をしていることから、オイラたちはみんな、『満月先生』と呼んでいた。おっとりした気性にもかかわらず、以前、近所の子どもがチンピラにからまれたとき、たまたま居合わせた満月先生が瞬く間にチンピラをのしてしまい、野次馬だったオイラたちは、大いに憧《あこが》れの視線を向けたものだった。

「うーん、とりあえず、すぐ達成出来そうな依頼はないかな？」

「何を言うんだい、ノアしゃん。この、グリフォンの羽根三枚、とか、マンティコアの針（状態不問）だとか、さっきさんざん取っていたじゃあないか」

ルル婆の言葉に、エマが目を丸くしている。

「何言ってんだよ、婆ちゃん。グリフォンの羽根は剣に付与すれば速さが上がるし、マンティコアの針は攻撃力も防御力も上げられる優れモノなんだよ？　せっかく鍛冶に使える素材を、人に渡すなんて」

ララ婆が額に手を当てる。

「ひょっとして、今まで手にした素材は一個も売らずに、みんな鍛冶の材料にしちまったのかい？」

「当たり前じゃん！　オイラが使いこなせなくても、父ちゃんがやる気になったときに必要かもしれないし！　鍛冶の材料にならないなら、持って帰る必要もないし。いつか父ちゃんが剣を打ちたいって言い出したときのために、鉱石もなるべくいっぱい溜めてるんだ！」

「まったく、この鍛冶馬鹿親子は……しょの溜め込んだ素材のひとつでも売っぱらえば、食うに困ることもないだろうに。あんたはオムラにそっくりだと思っていたけど、ノマドにもそっくりだったんだねぇ」

「え？　オイラと父ちゃん、似てる？」

「喜ぶとこかいっ。ああもうしょうがない、片手間にでも達成出来そうな依頼を選んで、受付に行くよっ。もう娘っこが待ってるじゃないか」

オイラは慌てて『採集系』の紙の一枚を引っぺがすと、受付へ向かった。

「ごめんね。待たせちゃった？」

「いえいえいえ。私なんかより、ルル様、ララ様を優先させるのは、当然です、はい。それでは、こちらが『テイマー免許』込みのギルドカードとなります。ギルドカードは、依頼を受けるとき、また達成報告時には必ず提示《ていじ》して頂きますので、肌身離さずお持ちください」

「うん、分かった。死んだときの身元証明にもなるんでしょ？」

オイラは受け取ったギルドカードを、前掛けの内ポケットにしまった。

「その通りです。ギルドカードは人体より遥かに丈夫に出来ていますので。それで、そちらの依頼を受けて頂けるんですか？」

さらっと怖いことを言いつつ、お姉さんはオイラの持ってきた依頼の紙を受け取った。

人体がなくなるレベルのダメージを負っても、ギルドカードだけは残るってことだよね、それ。

魔獣に丸呑みにされたりしたら、どうなるんだろう？

「鬼アザミのトゲの収集ですね。こちらはマジックポーションの原料のひとつですが、常に不足しているため、常時依頼となっております。『依頼を受ける』という手続きを踏まなくても、素材さえ持ってきて頂ければ常に受け付けますよ。でも、こちらはC～Bランク相当の依頼です。Fランクの方にはオススメしませ……」

お姉さんがそこまで言いかけたとき、後ろから近寄って来たギルドマスターのサンちゃんが、ポン、と肩に手をおいた。お姉さんに向かって、青ざめた顔でゆっくりと首を振る。

「そっ、そうですねっ。ノアさんならダイジョブですよねっ。たくさんの素材を、お待ちしてまーーーっす」

にこやかな割には感情の欠けた声で、お姉さんが送り出してくれた。

エマが何か話しかけたそうにしていたが、ルル婆とララ婆に遠慮してか、結局近づいては来なかった。

ギルドの外に出ると、外で待っていたらしいマツ翁に、近所の子どもたちがまとわりついていた。大きくて動かないマツ翁を人間ジャングルジムにして遊んでいる。マツ翁も子どもは嫌いじゃないけれど、どう接していいのか分からず、されるがままになっているようだ。そんなマツ翁を救出して、オイラたちは帰路《きろ》についた。

## 12 母ちゃんの装備の行方

「起きて、ジェルおじさん、起きて！」

家に帰ると、ジェルおじさんはまだ眠っていた。

何だかんだで、四時間を過ぎていたから、起きているかな〜とおそるおそる覗いてみたら、盛大にうなされながら爆睡《ばくすい》（？）していた。

「書類が〜書類が追いかけてくる〜〜」「いくら計算しても収支が合わないぃ」とか言っていたか

ら、王様というのも結構大変なのかもしれない。

「ん……？　ノア？　あぁ、そうだ、魔獣はっ？　魔獣はどうしたっ？」

「いやぁ、悪い夢でも見てたんじゃないの？　疲れてるみたいだし」とか言ってごまかしたい場ではあったけれど、今回に限ってはその必要はない。正直に話しても、オイラに甘いジェルおじさんのこと。何とか力押しでいけると踏んだのだ。

「じゃじゃーん」

オイラは満面の笑みでもって、冒険者カードをおじさんにかかげる。

「テイマー免許だよぉ、ジェルおじさん」

「なんだと？　テイマー免許なんて知らない、って顔してただろうが!?」

「おじさんが寝ている間に、冒険者ギルドで申請してきたんだよーん」

「はぁっ!?　確かにこれは、間違いなくテイマー免許有りのギルドカード。だがしかし、ノアが魔獣を持ち込んだのは、テイマー免許のないときであって……」

「なにを固いことを言っとるんじゃ、この青もやしは。ノアしゃんが、しょの黒モフと一緒にいたいがために、苦労して上げたレベルのスキルポイントをわざわざテイマースキルに振ったんじゃ。しょのノアしゃんの心意気は、どーでもいいと言うんじゃな、おぬしは」

「い、いや、その」

「ああ、もう。これはノアしゃんに嫌われるね。間違いないよ」

ララ婆にそう言われた瞬間、ジェルおじさんはあわあわしだした。

「のののののノア、おじさんは怖くないぞー。そうだ、法は守らねばならない。これは譲《ゆず》れない。なら、法を変えればいいのだ。うんうん、そうしよう。王国法第百四十七条に追記しよう。魔獣を従えた後にテイマー免許を取得した者も、その魔獣の所持を認める。これでいこう」

いや、それはダメでしょ。まぁ、言わないけど。どんだけオイラに嫌われたくないのさ。

「ありがとう、ジェルおじさん！　大好きだよ！」

満面の笑みを維持するオイラの手を両手で握りしめて、ジェルおじさんはあからさまに安堵《あんど》している。

「さて、これで、一件落着かね。ルル、どうしゅる？　宿に帰るかね？」

「ここからじゃ、ちぃと遠いね」

魔法のクルミで呼び出されたルル婆たちは、自力で帰らなくてはならない。

色々都合もあっただろうに、悪いことしたよね。

「俺は王城までだから二時間もあれば帰れるが……ルル姐とララ姐は、王都の屋敷にいたんじゃなかったのか」

「今、ちぃっと頼まれて、隣のソイ王国にいてねぇ。おや、もしかして今の状況は、密入国かい？」

「密出国でもあるねぇ」

王様の前で、二人はなんとものんびりしたやり取りをしている。

「確か、緊急の魔道具で呼ばれた場合は、使用された魔道具の実物を見せれば、状況が考慮されるはず。王国法の二百三十……いや、二百二十八条の追記、だったか？」

ジェルおじさんが首をひねっている。魔獣に関するもの以外の法律はうろ覚えのようだ。

「じゃあ、今夜はうちに泊まっていけば？　オイラの日常を見せる、って話だったけど、まだ午後の分が残ってるし」

「そうじゃねぇ」

「ノアしゃんとこも、久しぶりだし」

すると、黙って聞いていた父ちゃんが、拳を握りしめてぷるぷるしだした。

「ルル姐、ララ姐！　そもそもルル姐たちを呼んだのは、その魔獣が飼えるかどうか、って話じゃない！　ノアのレベルの異常さだっ！　レベル５９６の鍛冶見習いなんて……！　これからノアをどうしたらいいいか、って話だろうにっ」

「どうと言っても」

「もう解決したんじゃないかい？」

「？」

話についていけていないジェルおじさんに、オイラがザックリ説明する。

黒モフが経験値5倍のスキルを持っていたこと。

オイラがほとんど毎日、火竜の女王に挑んでいたこと。

なんだか効率良く経験値を得られていたらしいこと。

しばらくは何か言いたそうにもごもごしていたジェルおじさんだったが、途中からなんだか達観したような顔になった。

「ツッコミどころが多すぎて、どっからどう突っ込んでいいのかわからんな」

その一方で、父ちゃんと婆ちゃんたちが言い合っている。

「解決、って」

「ノアしゃんがどうやって596になったかも分かったし」

「違法なこともしとらんし」

「現状維持でええんじゃないかの？」

「ノアが、連日竜と戦いに行く現状が、そのままでいいって⁉」

目をむく父ちゃんに、ララ婆が冷たく言い放つ。

「そもそもの原因が、何か吠《ほ》えてるね。ノアしゃんが、誰のために『竜の棲む山脈』へ行ってるって？　誰のために、そうやって入手した鉱石も素材も売らずに、食うや食わずの生活を送ってるっていうのかね」

「冒険者登録もしたんだ。ノアしゃんなら、鉱石拾いの片手間に駄賃《だちん》を稼ぐぐらい世話ないじゃろう。あとは……誰かしゃんの行動しだいじゃねぇ」

目を細めて父ちゃんをねめつけるルル婆の顔つきは、酷薄《こくはく》そのものだ。

何も言い返せない父ちゃんの眉が、情けなさそうに八の字になっている。普段は上向きにくるっと巻いているしっぽもたらんとして……でも、これくらいで立ち直ってくれるような父ちゃんなら、オイラも苦労していない。

「ノマドのために、鉱石と素材を集めてるのか」

「うん。あ、ジェルおじさん見に来る？　オイラの秘密の倉庫。父ちゃんに見せると、売っぱらわれちゃわないかと思って秘密にしてたんだけど」

「ほぉ。ノアの秘密の倉庫か。俺が見てもいいのか？」

興味津々《きょうみしんしん》のていで、ジェルおじさんが乗り気になる。『ナイショ』を打ち明けられるのが、嬉しくて仕方ないようだ。

「ちょ、ちょっと待てノア。ジェル、ジェルだけか？　俺には見せてくれないのか、ノア？」

眉尻を下げた父ちゃんに問われて、オイラはちょっと考える。

「まぁ、いいか。今なら酒も抜けてるし。婆ちゃんたちもいるし。ひょっとしたら、鉱石を見てやる気になってくれるかもしれないし」

ほーーーっと安堵のため息をつく父ちゃんに、ジェルおじさんが冷静にツッコミを入れる。

「お前、どれだけ信用ないんだよ」

ちなみに、母ちゃんは姉《あね》さん女房《にょうぼう》で、母ちゃんの弟のジェルおじさんと父ちゃんは同い年だ。

二人はとても仲のいい親友だったらしい。

けれど、重度のシスコンだったジェルおじさんは、母ちゃんと父ちゃんの結婚に猛反対して猛喧《もうけん》嘩《か》、オイラが生まれて初めて和解した、といういきさつがある。

「じゃあ、元々の倉庫の裏だから」

オイラを先頭に、全員で元々の倉庫の前に移動する。

「ね、ほら、こっちには何もないでしょ？」

一旦、倉庫の扉を開けて中を見せる。

倉庫というより土蔵《どぞう》に近く、引き戸も土で出来ているのでとても重い。中には重厚な木製の戸と格子戸《こうしど》があって、三重扉になっている。元は農家の穀物蔵だったものを改造したらしい。子どもの頃、開けるのに相当苦労した覚えがある。

「そういえば、オムラ姉の装備一式はどうしたんだ？　二階か？」

ジェルおじさんが、角度が急な木製の階段の上を覗き込む。

「え？　オイラが知る限り、二階にも何もないよ？　母屋で見た覚えもないし。父ちゃんが売っぱらっちゃったんじゃないの？」

「まさか、いくらノマドのあほでも……本当なのか、ノマド⁉」

途中から急に声色の変わったジェルおじさんが、父ちゃんの胸倉を掴み上げる。

「あれは、オムラ姉の形見《かたみ》ってだけじゃない、国宝だぞ⁉　愛剣は二振りともお前が鍛えた最高傑作、【伝説級】だったはずだ！」

胸倉を掴まれ、苦しそうにしながらも、父ちゃんは不思議そうに首を傾げる。

「何を言っているんだ、ジェル？　あれはオムラの葬式が終わって三日目だったか。王城の使いがやってきて、オムラの装備も、剣も、オムラが集めた素材も何もかも、『オムラ様が亡くなった以上、あなたは他人。これは国の財産です』とか言って、全部かっさらって持って行っちまったじゃないか。俺の手元に残ったのは、ノアだけだ。お前は俺とオムラが一緒になるのも良くは思ってなかったし、それでお前の気が済むなら、と思ってそのままにしていたが……あれは、お前の指示じゃなかった、ってのか？」

「なんだと⁉」

言いながら何だかおかしいと思ったのか、父ちゃんの顔が青ざめていく。

「オムラ姉の装備は、確かに代々国に伝わる国宝だったが、オムラ姉の形見でもある。王城の宝物庫にしまうよりは、ノアの側に、と。俺はそんな使い、出した覚えはない！」

「⁉」

声もなく立ちすくむ父ちゃんと、興奮で赤くなっていた顔が、段々と青ざめてくるジェルおじさん。

「うーん、整理すると。つまり、母ちゃんが死んですぐに、ジェルおじさんの使いを名乗る誰かに、母ちゃんの遺品を一切合切騙《だま》し取られたってこと？」

「国王の名を騙《かた》る詐欺師《さぎし》じゃと⁉」

ルル婆が目をむいて愕然とする。

国王の名を騙る、というのは偽金《にせがね》造りに比肩《ひけん》する滅多にないほどの重罪で、近年聞いたことがないそうだ。

## 13　オイラの秘密の倉庫①

てっきりオイラは、知らない内に、父ちゃんが母ちゃんの装備も素材も何もかも、酒の飲み代《しろ》に売っぱらったんだと思っていた。

でもよく考えたら、鍛冶馬鹿の父ちゃんが、鍛冶に使う素材、それも一度手放したら再び手に入るかどうか分からないレベルの貴重な素材を、易々《やすやす》と手放すはずはなかった。

……それでも、父ちゃんだしなぁ。絶対あり得ないとも言い切れない。とか思っちゃう辺り、父ちゃんの普段のダメダメっぷりが窺《うかが》える。

「なんてことだ、それじゃあ、オムラ姉の遺品は、八年も前に犯罪者の手に渡っていた、っていうのか……」

「だが、ちゃんと国の紋《もん》の入った勅書《ちょくしょ》を持っていたぞ？　いくらなんでも、それくらいは確認した。少なくとも俺には本物に見えた。お前の知らないところで大臣か何かが勝手に指示した、とかじゃないのか？」

「勅書だったんだろう？　勅書ってのは、王印なしに出すことは出来ない。つまり、俺が知らない内に、勝手に出されることはない。勅書まで偽造出来るとなると……余罪は計り知れないだろうな」

そこまで言うと、ジェルおじさんはオイラに向き直った。

青かった顔色は、今度は赤味に振られている。

「すまない、『秘密の倉庫』はまた今度見せてくれ。俺はこれから急いで王城に戻り、オムラ姉の遺品の行方を捜しつつ、詐欺師捜索を手配する。勅書、王印が偽造されているとなれば、国の中枢《ちゅうすう》にいる者が関与しているかもしれない。悪くすれば国を揺るがす大問題だ。これ以上被害を出さないためにも、大至急捕まえないと。すまないが、そのうち改《あらた》め方《かた》から捜査員が来ると思う。当時の状況をなるべく思い出して、聞き取りに協力してくれ」

ジェルおじさんはオイラの肩にポンと手を置くと、そのままの勢いで走り去った。あまりのスピードに、もうもうと土煙が舞い上がる。

ジェルおじさんが本気で走れば、馬よりもズーよりもずっと速い（ズーっていうのは、冒険者ご用達《ようたし》の騎乗用の魔物だ）。長距離ならともかく、王城までくらいなら走ったほうが早い、という王様らしからぬ判断だろう。

「俺が、ジェルに確認さえしていれば……」

なんだかんだで、父ちゃんは、母ちゃんのことがかなり好きだったんだろうと思う。

遺品を騙し取られていたと分かって、父ちゃんは目に見えてションボリしていた。

「そうしゃね、ノマドがジェル坊に確認していたら、一発でバレていたことしゃね」

「………」

「何をしょぼくれてんだい。あたしゃが言いたいのは、詐欺師どもはずいぶんと危ない橋を渡ったもんだ、って話だよ。この件が八年も発覚しなかったのは、『たまたま』だ。へたしたら、詐欺師どもが荷を運び出している間にもバレる可能性があった。勅書を偽造したのは大ごとだが、ずいぶんとシロウト臭い……ま、勘だけどね」

オイラは、耳もしっぽも力なく垂れて、まだションボリしている父ちゃんの背をぐいぐい押して、倉庫の裏へ連れて行く。

父ちゃんは、力なく、オイラに押されるままよたよた歩いた。

ついでに、エスティのところへの行き帰りで素材を詰め込み、ぱんぱんになった古いリュックも拾っていく。

倉庫の裏に、ドアがひとつ、落ちている。

古臭い大きな南京錠《なんきんじょう》が取っ手についている、ボロボロのドアだ。もちろん、このドアは、廃棄されて放置したものに見せかけた、オイラの倉庫への入り口だ。周りの雑草は伸び放題で、ガラクタや粗大《そだい》ごみが積み上げられている中に斜めに立てかけてあるドア。その向こうに、父ちゃんの倉庫の三倍もの広さの空間があるなんて、例の詐欺師だって気付かないだろう。

前掛けのポケットから、大きな鍵を取り出す。

「このガラクタの中が、お前の秘密基地か？」

「そうだよ。オイラの秘密の倉庫」

ガチャッ、と大げさな音がして南京錠が開く。

南京錠は外してポケットに保管。うっかり誰かに外から閉められたら、閉じ込められちゃうからね。

「だいぶ前から、やけにガラクタを拾ってくると思ったら……」

父ちゃんが呆れたように言う。

ボロボロのドアをくぐり、入り口の棚に置いてある魔法のランプに火を入れる。母ちゃんの寝室から失敬《しっけい》してきたこのランプは、一か所に火を入れるだけで、五か所にある全てに明かりが灯る。白昼《はくちゅう》の外よりは多少暗いものの、本を読むにも素材を吟味《ぎんみ》するにも、十分な明るさだ。もちろん、オイラに仕組みは分からない。

目の前にある斜めにかしいだ壊れた馬車の中を通り、通路は急な下り坂になって地下へと続いている。

周りには、壊れた盾や作るのに失敗した武器、練習に作った牛用の鋤《すき》や農具なんかが所狭しと打ち付けてあって、外からガラクタを壊して入ろうとする奴に対しての牽制になっている。

まぁ、オイラの倉庫にそこまでして押し入ろうとする物好きなんて滅多にいないだろうけど。

秘密基地としての当然のたしなみ、ってやつだ。

出来ればその内、回転する秘密の扉とか、竹槍が生えた落とし穴とか、押し入れの中の縄梯子《なわばしご》とかを作ってみたいと思っている。

出入り口が増えると、鍵も増やさなくちゃならないから、まだやってないけど。

天井には、馬車の車輪、捨てられていた駅馬車のプレート。壁には穴の開いたワインの樽に、緑色のビン、壊れたブリキのおもちゃ。竹トンボ。古い靴。綿のはみ出たぬいぐるみ。木で出来た大きいボタン。革のボール。

どれも意味はない。

けど、オイラが何となくワクワクするものがてんこ盛りだ。

犬の獣人には収集癖《へき》がある、と言われている。

と言っても、鳥の獣人みたいに光るものを集めたり、竜みたいに財宝を集めたりするわけじゃない。

価値がないかもしれない。でも、なんとなくワクワクする。そんなものばかりだ。

父ちゃんも何となく趣味が合うのか、楽しそうに周りをキョロキョロくんくんし始めた。

「なんだ、おい、ノア。いいな、ここ。うん、なんか知らんけど」

「え？　ダミーのガラクタが置いてあるだけじゃないのかい？」

「誰かに入られたとき、奥の素材に気付かしぇないためじゃろ？」

感性が違うらしいララ婆とルル婆が首を傾げている。

オイラの趣味の通路を抜けた先に、もうひとつドアがある。

これも、オイラこだわりの船室《せんしつ》のドアだ。丸い窓にバッテンの窓枠が浪漫《ロマン》を誘う。小さな木造船が多いこの辺りじゃ滅多にお目にかかれない金属製の一品だ。周りには貝殻。碇《いかり》もある。

そしてドアには、魔法の南京錠。

「これは……」

気付いたらしいララ婆が、目を丸くしている。

「いったいどこで手に入れたんだい、ノアしゃん？　あたしゃも、実際見たのは二度目だよ。これは、魔法の錠前《じょうまえ》の中でも登録者識別が可能な、空間そのものに防御魔法をかける最上のものだ。部屋の壁をぶち破って盗むとかいう、誇りある本格の盗人《ぬすっと》なら死んでもやらない……が確実な邪道ですら退ける、鉄壁の錠前だよ」

「へぇ、すごいんだ？」

「またしょんな、他人事みたいに」

「んーとね、エスティに賭けで勝って、もらったんだ。ラムダさんと戦って、ウロコじゃなくて髭か角が採れたらオイラの勝ち。オイラが死ぬか行動不能になったら、ラムダさんの勝ち。エスティが賭けたのは、この魔法の鍵で。オイラが賭けたのは、十日間エスティの小間使《こまづか》いになる、だったかな？」

「十日間の労働とこの至高の錠前が、賭けの景品として対等とか……」

ララ婆が、がっくりと肩を落とす。

「まだラムダさん相手だから助かったよね。セバスチャンさんの素材が採れたら、特別なプレゼントをくれる、ってエスティが言うんだけど。いまだかつて、一枚のウロコも採れた試しがないからなぁ」

「セバスチャンて、女王竜の執事竜じゃろ？　女王竜のウロコを採れるノアしゃんが、執事のウロコは取れないのかい？」

「攻撃の威力はエスティのが上なんだけど、技術力が……隙《すき》も全くないしね。だから、セバスチャンさんに負けたときのオイラのペナルティはほぼなし。負けて当然、素材が採れたら大金星《だいきんぼし》、みたいな」

言いながら、オイラは南京錠に手を触れた。

その瞬間、ガチャリ、と錠が開く。

魔法の錠前に鍵穴はなく、持ち主本人が鍵としての役割を持つ。ちなみに、錠前が開いている間に錠前に触れた人間は、複数でも持ち主として登録される。

まだ、父ちゃんに売っぱらわれる不安が残っているので、やっぱり錠前は前掛けに回収。

「さぁ、オイラの秘密の倉庫にようこそ」

## 14　オイラの秘密の倉庫②

「こ、これは……」

最初に足を踏み入れたララ婆が絶句する。

その横で、父ちゃんが興奮気味に叫んだ。

「女王竜のウロコに、マグマ石が、無造作に山積みにっ！　銀鉱石にチタン、オリハルコン、アダマンタイトまであるぞっ⁉」

「いや、火竜のウロコにマンティコアの針、グリフォンの羽根、飛竜の角。このへんは山積みになってても、まだ分かるよ。サーペントの水かきに、ヴァンパイアの牙、翼、魔法のクローバーにミストタイガーの牙……絶対に『無限の荒野』でも『竜の棲む山脈』でも採れないはずの素材が散らばってるのは、いったいどうしたわけなんだいっ⁉」

「しょこっ、マッセイ！　足元、ユニコーンの角だよっ」

「踏む！　そっちは人魚の真珠貝《しんじゅがい》があるっ」

「いやまぁ、どのみち鍛冶の素材は砕いて使うから、踏んでもそんなに問題ないよ？」

「宝飾品《ほうしょくひん》の材料として高値で取引しゃれてる人魚の真珠貝を、砕いて使う⁉」

「水属性が付与出来るんだけど、サーペントの水かきに比べると、イマイチだし」

「な・ん・て・もったいない使い方をっ」

「クイーン・ビーのローヤルゼリー？　こんなもの、鍛冶に使ったか？」

なぜだかぷりぷり怒っているララ婆はほっぽって、エスティのところへの行き来で持ち帰った素材を、ぽいぽいと投げながら分類していると、倉庫の端に鬼アザミのトゲを見つけた。

素材収集を始めたばかりの頃、何が鍛冶の素材になって、何がならないのかがサッパリ分からず、何でもかんでも手あたり次第、それっぽいものを持ち帰っていた時期があった。この鬼アザミもそのひとつだ。

その後、母ちゃんの部屋で、イラスト入りの『鍛冶の素材辞典』『鉱石百科』とかの本を見つけて、自分なりに色々勉強した。おかげで、ずいぶんと素材集めも効率が良くなった。ちなみにその本は、既成の木版本《もくはんぼん》に、絵が得意だった母ちゃんが色々と書き足していったらしく、元よりもずいぶん分厚くなっていた。

なんで、父ちゃんじゃなくて母ちゃんが？　とも思ったけれど。きっと母ちゃんなりに、父ちゃんが好きな世界を勉強していたんだろう。

ちなみに鬼アザミのトゲは、鍛冶の素材にはならない。

「あー、だめだ、カピカピだ。これじゃあ、採集依頼、クリア出来ないよなぁ」

何年も前に採った鬼アザミのトゲは、すっかり干からびてしまっていた。結構な量があったんだけど。

「鬼アザミのトゲは、干してから粉にして使うもんじゃ。干からびてたって構うもんかい。……じゃなくて。ノ〜ア〜しゃ〜〜ん〜〜〜」

今まで黙っていたルル婆がオバケのような声を出して、オイラは反射的に逃げかけた。

そのオイラの襟首を、マツ翁がひょいとつまみ上げる。

前掛けの紐も一緒につままれているおかげで首はしまらないけれど、脚は宙に浮いてジタバタする。

「まっ、マツ翁？」

「しゃあノアしゃん、キリキリ白状してもらおうか。女王竜のウロコが山積みなのは分かる。マグマ石やオリハルコン、マンティコアやグリフォン、飛竜、火竜もいい。けど、シーサーペントや人魚、ユニコーンなんてのは、絶対に火竜の領域にゃいない生き物じゃ。それに、魔法のクローバー、クイーン・ビーの蜜《みつ》、なんてのは、ダンジョンのエリアボスのドロップアイテムじゃわ」

ルル婆に重ねて、ララ婆まで詰め寄ってくる。

「まあ、ダンジョンに行ってる、ってのは、百歩譲ってあり得るとしよう。けど、エリアボスってのは、一度倒したら二度は遭遇《そうぐう》しない相手だ。ダンジョンてのは、エリアボスに一度勝ったら、次に同じ人間がそこを通るときには、エリアボスは出現しない仕組みだからね。ある意味、一生に一度しか遭遇しないレア敵がエリアボスだ。しょの意味で、ある一定の強さ以上の冒険者にとって、エリアボスのドロップアイテムは、ダンジョンボスのものより貴重な代物だ。それが！　英雄や大賢者だって、一生にひとつかふたつしか手に入れられないドロップアイテムが、ここに！　こんなにゴロゴロしてるってのは、どーいうわけなんだいっ!?」

ララ婆に掴みかかられてガックンガックン揺さぶられる。

宙に浮いてるから、まぁ揺れること。

「ちょっ、ララ婆、ちょっと落ち着……」

「落ち着いてる場合かいっ」

「な、ナイショに、しようとは、思って、ないからっ」

この世には、魔物の領域の他に、ダンジョンというものがある。

魔物の領域と同じく、たくさんの魔物が出現する場所だ。大きな違いは、ダンジョンで倒した魔物は死体が残らず、何割かの確率で、ドロップアイテムと呼ばれる何らかの素材を落とすことだ。

つまり、倒しても肉をドロップしない限りは肉が食べられないし。爪やウロコを採ってもドロップアイテムじゃない限りは、魔獣から離れれば消えてしまう。

仕組みは分からない。

最初はそんなこと知らなかったから、せっかく採った素材が消えたときは、まーショックだった。

それはさておき。

そんなデメリットばっかりだったら、ダンジョンではなくて、普通の魔物の領域で魔物を狩ったほうがいいように思う。けれど、各地に点在するダンジョンは、どこも冒険者でにぎわっている。

その大きな理由は三つ。

1・魔物の領域と違って、ダンジョンの魔物は狩らずにいると飽和《ほうわ》状態になり、ダンジョンの外まで出てきてしまう。なので、自治体から冒険者ギルドに、定期的にダンジョンの魔獣討伐依頼が出される。

2・ダンジョンには、たいていの場合、宝箱がある。しかもなぜか一定期間で復活する。中身には、武具や防具、装飾品、宝石、まれに魔道具などがある。何が出るかは運次第。あと難易度。

3・ダンジョンにしかいない魔獣がいる。もちろん、ダンジョンの魔獣しかドロップしないアイテムもある。

まとめると、ダンジョンは冒険者にとって儲《もう》けられる可能性が高い、ということだ。

なんでダンジョンがそんなことになっているのか？

説としては、『ダンジョン自体が巨大な魔獣の一種で、色々な餌を作って人間をおびき寄せている。だからボスを倒してもダンジョンはなくならない』というのが有力だ。

「ホントだろうねっ？」

ララ婆の見幕に、オイラはこくこく頷く。

「まずね、『無限の荒野』とか『火竜の領域』にいない生き物の素材がある件だけど。『無限の荒野』にも、『竜の棲む山脈』にも、転送魔法陣ってのがあるんだよ」

「「はぁっ!?」」

ルル婆とララ婆の声がハモる。

父ちゃんは、よく分かっていなさそうだ。しゃがんで鉱石を真剣に見つめている。

「転送魔法陣って、あの伝説のっ？」

「ルルすら再現出来ていない、あの幻の？」

「伝説だか幻だか知らないけど。ダンジョンにもエリアボスの後ろに、次のエリアに進む転送魔法陣があるじゃない？」

「たし……かに？」

「でもありゃ、次の階に進むための、階段程度の距離しかつながない魔法陣だよ？　ノアしゃんの倉庫を見るに、大陸中のあっちこっちに行っているように見えるね」

「オイラに詳しいことは分からないよ。とにかく、『無限の荒野』にも『火竜の領域』にも、隠し部屋みたいなとこがあって、周りにいる魔獣より強い、エリアボスみたいな魔獣がいるんだ。初めは、転送魔法陣があるなんて知らなかったし、必死で戦っている間に、うっかり魔法陣を踏んじゃって」

「うっかり!?」

「踏んだ⁉」

ルル婆とララ婆が素《す》っ頓狂《とんきょう》な声を上げる。

「そしたらいきなり周りの景色が変わって、さっきまで戦ってたはずの魔獣が消えて、代わりに見たことない魔獣がいるじゃん？　それも強そうな。こっちに背中を向けてるのを幸いに、気付かれない内に、必死こいて逃げたね」

「普通は死んでるね、それ」

「普通じゃなくても詰むね」

ルル婆とララ婆が渋い顔をしている。

「まだ良かったんだよ、そのときは。次はいきなり水中だったから。しかも目の前にシーサーペント」

「よく生きてましゅね、ノアしゃん」

「しょの年にして、波乱万丈《はらんばんじょう》じゃの」

「で、帰りは、通って来た魔法陣を通れば、元来たとこに戻れる、と。シーサーペントをかわして水底の魔法陣に到達するのは、まーきつかった」

オイラの言葉に、婆ちゃんたちは顔を見合わせて何だか梅干しを食べたような顔をした。

「……うん、まぁ、しょの、ノアしゃんが大陸各地、いろんな場所に行けた理由は分かった。で、エリアボスのドロップアイテムが、大量にある理由は？」

「何か、エリアボスを再出現させる裏技でも見つけたのかいっ？」

ララ婆が、期待にキラキラした目を向けてくる。

「うーん。なんか、期待を裏切るようで悪いんだけど」

「なんだい、もったいつけずにさっさとおしゃべり！」

「倒さないんだよ」

「はあっ？」

「そもそもオイラ、エリアボスになかなか勝てなかったわけだよ。で、何回も何回も挑戦した。本当に、一匹のエリアボスに何十回も何百回も。その内に気付いたんだ。エリアボスって、いや、ダンジョンのモンスターって、倒さなくってもアイテムをドロップするんだよ。もちろん、倒したときみたいに高い確率じゃないけど」

そこでオイラは記憶を探る。うーんと、だいたい……

「百回攻撃して一回ない、くらいかな？　基本的に、『竜の棲む山脈』と同じだね。ダンジョンの魔物は、素材を採っても帰る途中で消えちゃうけど。戦ってる途中でドロップしたアイテムは、ダンジョンの外に持ち出しても消えないから。一回ダンジョンの外に出て、またエリアボスのとこまで戻れば、エリアボスは体力も魔力も完全回復してるから、また一から戦える、ってわけ。それで、また百回とか攻撃して、ドロップアイテムが出たら拾って逃げる。ドロップアイテムが出なくても、エリアボスの体力が残っている内に逃げる。以上、繰り返し」

「「………」」

目を真ん丸にして、全員が押し黙る。

「なんと、まぁ」

「一撃で大抵のエリアボスを葬《ほうむ》れるルルやジェル坊じゃ、死んでも気付かない裏技だね」

「たとえ攻撃力の低い冒険者じゃって、エリアボスに百回攻撃を当てながら逃げ切れるスピードと持久力のある人間なんて、まぁ、いないよね」

「普通は自分の攻撃力が及ばないとなったら、無駄に攻撃を繰り返さずに逃げるか、逃げ切れずに殺されちまうか……」

「ノアしゃんじゃからこそ気付けたというか、ノアしゃんにしか出来ないというか。でも、ノアしゃん。エリアボスを倒さなかったら、次のエリアに進めないじゃろうに」

「ある程度のドロップアイテムを集めたら、倒して進んでいるのかい？」

ルル婆とララ婆の質問に、今度はオイラが目をパチクリさせる。

「え？　それはもちろん、すり抜けて」

「「はぁあっ!?」」

## 15　父ちゃんの秘密

「「はぁあっ!?」」

ルル婆とララ婆だけでなく、無口なマツ翁の声までハモった。

「いやだから、転送魔法陣も、戦っているときにうっかり踏んだら作動した、って言ったでしょ？　エリアボスの後ろの魔法陣も、そうなんじゃないかなーと思って。わざわざエリアボスを倒さなくても、エリアボスの守っている魔法陣を踏みさえすれば、次のエリアに行けるんだよ」

「「……」」

「ララ……」

「なんだい、ルル？」

「わしゃ、大賢者なんぞと名乗っとるのが、嫌になってきたよ」

「しょうだねぇ。あたしゃも、大盗賊なんて名乗ってるのが、バカバカしくなってきたよ」

「この世には、わしゃらの知らないことが、まだまだあったんじゃねぇ」

「ジェル坊にあれこれ言ったが、あたしゃらもずいぶん調子に乗ってたんだねぇ」

「精進《しょうじん》が足りなかったねぇ」

驚きを通り越してたそがれ始めたルル婆とララ婆を、慌ててオイラはフォローする。

「だからっ、オイラはたまたま攻撃力が足りなかっただけだから！　エスティは過大評価してくれたけど、『竜の棲む山脈』で魔獣を殺さなかったのも、同じ理由だから！　オイラよりずっと強い、婆ちゃんたちが反省することなんて、これっぽっちもないから！」

「とは言ってもねぇ。エリアボスをすり抜けて後ろの魔法陣を踏めるなんて、ノアしゃんくらいじゃろ」

「エリアボスから簡単に逃げ切れるのも、ノアしゃんくらいだよね」

「むしろ、それが出来ないから、エリアボスを倒してるようなもんじゃわ」

「いや、フツーは、エリアボスって滅多に倒せないから」

倒せる前提で話しているルル婆とララ婆のがおかしいと思う。

エリアボスは、通常そのエリアに湧《わ》く魔獣より遥かに強い。よほど初級のダンジョンの始めの頃のエリアボスでもない限り、パーティ単位で準備に準備を重ね、命がけで挑む相手のはずだ。

「まぁ何にせよ、引退なんぞしゅるにはまだまだ早い、ってことしゃね」

「しょうだよ、ルル。あたしゃらも、まだまだヒヨッコだったたってことだ」

「鍛え直すとしゅるかね、ララ」

にんまり見つめ合ったルル婆とララ婆は、先ほどとは打って変わって楽しそうだった。常日頃から、最近の冒険者の質の低下を嘆き、なんだかつまらなそうだった婆ちゃんたちの、いい刺激になったなら、良かったたと思う。

でもいい加減、降ろしてもらえないだろうか。

「ところで、ルル？　しゃっきから気になっていたんだけど」

「なんじゃい？」

「あたしゃら、ひょっとして、レベルが上がってないかい？」

「……！」

思いもしなかったようで、慌ててルル婆がグルグル眼鏡を取り出す。

「ありゃま、ホントじゃよ、ララ。しかも、四つも上がっとる。レベルなんて、最近じゃあ滅多に上がらんから気にもしとらんかったわ」

びっくりしたようなルル婆が、オイラの首元を見つめる。

「確かに、ノアしゃんの話は滅多にない経験になった。でも、それだけじゃあないね？」

「しょうだね、ルル。どうやら、ノアしゃんの女王竜との戦い。あそこらへんから、しょの黒モフは、あたしゃらのことをパーティの一員とみなしてくれていたようだね」

黒モフが、照れたようにふるふるしている。

「きっと、婆ちゃんたちが、黒モフとオイラが一緒のままでいられるように、協力してくれてるのが分かったんだよ」

オイラは、首元の黒モフを両方のてのひらに乗せると、ルル婆とララ婆の目の前に差し出した。怖がりで恥ずかしがり屋の黒モフが、オイラの前掛けに逃げ込むこともせず、ルル婆とララ婆を遠慮がちに見上げる。

「うんうん、優しい子じゃねぇ」

「うんうん、賢い子だねぇ」

黒モフが嬉しそうに揺れる。

「「でもね」」

ルル婆とララ婆が、ガシッと黒モフを掴み、覗き込む。

「自分で戦いもせずに」

「ノアしゃんのおこぼれで、レベルアップなんて」

「大賢者の名折れじゃ」

「大盗賊の名折れだよ」

「二度としゅるんじゃあ、ないよ」」

ピキーーン、と黒モフが凍り付いた。

オイラからは、ルル婆とララ婆の表情は見てとれなかったけれど。よっっっっぽど、怖かったに違いない。懐に戻してからも、かなりの間、黒モフは固まったままだった。

「ま、まぁ、婆ちゃんたち。黒モフも、好意でやったことだから」

「しょうじゃね、とりあえずは、礼を言っとくよ」

「でも、もうやるんじゃやないよ？」

固まり切った黒モフには、おそらくその声は聞こえていない。黒モフに、冒険者としてのプライドを理解しろ、と言うほうが無茶なんじゃないだろうか。

「ところで、ノア」

今の今まであちこちの素材をひっくり返し、鉱石を吟味していた父ちゃんが、ふと割って入った。

「なに、父ちゃん？」

「ここにあるのは、素材と鉱石だな」

「そうだよ？」

「何を当たり前のことを」

「ここにある鉱石と素材で、お前は、剣や鎌を打っているんだな？」

「そうだけど？」

「当たり前じゃろ、ノマド？」

「いや、違うんだ、ルル姐。ここにあるのは、拾って来たまま、採って来たままの鉱石と素材。いわば、原料だ。それを鍛冶に使うなら、鉱石なら『製錬《せいれん》』して金属にしなきゃならないし、素材なら鍛冶に使えるように加工しなきゃならない。竜のウロコがそのままくっついてる武具なんて、見たことないだろ？」

「確かに？」

「しょう言われれば、そうだね。ノアしゃんが、『マンティコアの針は、攻撃力と防御力を上げる』って言ってたけど、具体的にどうやって使うのかは、想像がついていなかったよ」

「鉱石は、拾って来たままじゃ不純物を多く含んでいる。そのままじゃ、とても武具なんて作れない。そこで、鉱石を製錬所で金属に『製錬』した上で『精錬《せいれん》』して不純物を除き、初めて鍛冶士の扱える鋼やオリハルコンになる。ちなみに鉱石以外の素材は特殊な魔道具で砕き、さらに薬研《やげん》ですって粉にし、鍛冶の途中で、武具にまぶす灰の中に混ぜることで効力を付与するんだ」

そこで父ちゃんは一回口をつぐんで遠い目をした。

「俺も、昔は馴染みの製錬所があって、そこで世話になってたんだが……オムラが死んだ頃に、その親父がケガをして製錬所を閉めちまってな。その頃、ちょうど新しくブルセラ製錬所ってのが開いたんで、そこに鉱石を持ち込んだんだが、何というか……どんなに質のいい鉱石を持ち込んでも、出来上がるものがもうどうしようもないんだ。確かに金属には製錬されているんだが純度が低く、何度も何度も、しつこいくらい鍛錬し直さないと、まともな武具にはならない。一本打つのに、元の製錬所の五倍以上の時間がかかる。しかも、帰ってくる金属が、持ち込んだ鉱石に対して明らかに少ない」

「なんじゃ、それは」

「しょんなとこ、早々に見限ればいいだろうに」

オイラも初耳だった。

父ちゃんは父ちゃんなりに、母ちゃんが死んでからも頑張って鍛冶を続けようとしていたのか。

「もちろん俺もそう思った。けど、他の製錬所はどこも俺の仕事を受けてくれない。忙しいだの、大手の契約で手一杯だの。確かに、俺が頼むのは剣一本分、二本分の製錬がせいぜいだ。ましてオリハルコンの製錬だの、アダマンタイトの製錬だのは、扱える技術のある製錬所自体少ない。高い技術を必要とする割に、もうけの少ない仕事だ」

父ちゃんによると、そもそも鍛冶に使う鉱石は、鍛冶ギルドから冒険者ギルドに収集依頼が行き、冒険者が集めて来た鉱石が一定の量に達すると、今度は冒険者ギルドから製錬所にまとめて製錬依頼がいく。製錬所で精錬までされた金属は、冒険者ギルドを通して鍛冶ギルドに納められ、一般の鍛冶屋は鍛冶ギルドから金属を入手するそうだ。

けれど、腕のいい悪いに限らず、オリハルコンなんかを求める鍛冶屋は多い。希望者全員で均等に頭割りするっていっても、一人鍛冶の父ちゃんのところに来る金属の量は雀《すずめ》の涙もいいところで、そうすると闇でも表でも市場で入手するしかない。

でもオリハルコン、アダマンタイト、マグマ石なんてのは、精錬済みのものが市場に出回ることはほとんどないし、あったとしても、店に並ぶ前にツテのある大手が全部買い占めてしまうらしい。

「それで、オムラが考えてくれたのが、自分で鉱石を集めて製錬所に持ち込むって方法だったんだが……そんなことを繰り返している内に、オムラの残してくれた鉱石も、尽きた」

「……なんと」

「初めて聞いた」

心底びっくりしたオイラの言葉に、父ちゃんは照れ臭そうに鼻を掻く。

「子どもに言えるか、こんなこと。情けねぇ」

「言ってよ！　オイラはてっきり、母ちゃんが死んで、鍛冶以外はダメダメの父ちゃんが、素材も鉱石も騙し取られて、へそをまげて酒に逃げてるんだとばっかり思ってた！」

「ノア、お前なぁ……」

「ん？　大筋は合ってるね？」

「合ってるよねぇ？」

婆ちゃんたち、そこは認めちゃダメなとこだから。

「でも、そんな状況じゃ、ジェルおじさんたちからの依頼はどうしたの？　お金をもらっても、鍛冶に使える金属は手に入らなかったんでしょ？　最初の頃は、オイラだって鉄か銅鉱石くらいしか拾えなかったたし。オリハルコン鉱石を拾えるようになって、父ちゃんに渡したこともあったけど、どのみち、製錬出来なかったんじゃない？」

そこで父ちゃんは、チラッとマツ翁を見た。

「そこはな、その、マツ翁に頼んで。鉱石を渡して、そのぶん金属を流してもらったんだ。マツ翁はギルドに顔がきくから。俺の名で頼んでは相手にしてもらえなくても、マツ翁ならギルドの発注に紛れさせられる。それで、多少は何とかなったんだ。まぁ、年に二、三回が限度だったが」

「マッセイ、しょんなことしてたのかい」

「ん」

返事をするついでに、マツ翁は、忘れてた、とばかりにオイラを降ろしてくれた。

「じゃ、じゃあ、父ちゃんの倉庫に入れといた、オイラが拾って来た鉱石がなくなってたのも……」

「ああ。マツ翁に頼んだ」

オイラは目を真ん丸にした。

「オイラは、てっきり、父ちゃんが酒代のかたに売っちゃったもんだと……」

「あのなぁ、ノア。酒のために鉱石を売る鍛冶士が、どこにいる」

オイラは感動した。

父ちゃんは、父ちゃんだった。

母ちゃんとオイラが大好きな、父ちゃんのままだった。

そりゃあ、酒ばっかり飲んでたり、オイラが働いて家計を支えてたり、オイラの拾ってきた鉱石を勝手に使っちゃったりはするけど。

鍛冶にだけはまっすぐな、愚直《ぐちょく》で不器用で鍛冶バカな、父ちゃんのままだった。

周りの環境が、ちょっと不遇すぎただけで。

父ちゃんは父ちゃんなりに、鍛冶に対して頑張っていたんだ。

「ごめん、父ちゃん。オイラ、父ちゃんのこと、誤解してた」

「いや、まぁ、それはいいんだが。だから不思議なんだ。ノア、お前、マグマ石の製錬なんて、いったいどこの製錬所に頼んだんだ？」

「え？」

オイラはきょとん、と首を傾げる。

「べつに、どこにも頼んでないけど？」

## 16　鍛冶スキルの秘密

「は？」

父ちゃんの眉間にしわが寄る。

「ノア、お前まさか、製錬してない鉱石を、そのまま使ってるんじゃあないだろうな？　確かに、お前の持ってた剣はひどかったが……。いや、そもそも、鉱石は石だ。製錬していない鉱石は、金属を含んだ石に過ぎない。ひどかろうが何だろうが、武具の形になるはずがない」

「……ひどくない？」

「本当のことだろうが」

鍛冶に関する限り、父ちゃんに容赦《ようしゃ》はない。

エスティの前でしっぽを巻いてぷるぷるしていた人間と、同一人物とは思えない。

「……はぁ。ルル婆、父ちゃんのレベルも上がってるかな？」

チラッとルル婆を見て確認すると、ルル婆は慌てて眼鏡をかけ直して父ちゃんを見てくれた。

「おお、こりゃすごいね。ノマドは今朝、自分のことをレベル80じゃと言っとったが、今見たらレベル92じゃわ。ノマド、あんたしばらく、ノアしゃんの鉱石拾いにくっついて行ったらどうじゃ？」

「92!? ちょっと待ってくれよ、ルル姐。ルル姐の魔法障壁があったから、何とか生きて帰れたんだ。俺が単独でノアに付いて行ったら、女王竜のとこに着くどころか、とっくの昔にくたばってる」

「分かっとるよ。あんたは戦闘スキルも防御スキルも、持っとらんもんねぇ」

カラカラと笑うルル婆は、父ちゃんをからかって遊んでいただけのようだ。

「じゃあ、スキルポイントの余りは12か。それなら、何とか足りるかな？」

「なんのことだ？」

首を傾げる父ちゃんに、オイラは自分のスキルボードを開くよう頼む。

『鑑定』がないと自分自身のレベルさえ分からないけれど、なぜか、スキルポイントに余剰があるときは、スキルボードと呼ばれる自分の所持スキル一覧、さらに現状で取得可能なスキル一覧を見ることが出来る。ちなみに、他人のを見ることも、自分のを見せることも出来ない。他人からは全く見えないので、スキルボードを見ているところは、傍から見るとちょっとマヌケだ。

「開いたぞ？」

「じゃあ、『金属判別』を取って」

「はぁ？　そりゃあ、鍛冶スキルの中でも、誰も取りたがらないクズスキルだぞ？」

『金属判別』。

それは文字通り、金属を判別するためのスキルだ。

鍛冶士を名乗る者なら、金属の判別なんて、スキルに頼らなくても余裕で出来なければならない。ましてて鍛冶士は戦闘職ではない。レベル80の父ちゃんが異常で、ほとんどの鍛冶士は10くらいの限られたスキルポイントを、なるべく有用なスキルに振らなければならない。明らかにクズと言われているスキルに、貴重なスキルポイントを振る物好きは、皆無といっていいだろう。

でも、オイラには必要だった。

オイラが鉱石拾いを始めたのは、八歳の頃。

何が鉄で銀で錫《すず》で鉛《なまり》なのかさっぱり分からなかったし、ましてオリハルコンやミスリルなんて、ほとんど見たこともなかった。

「まぁ、婆ちゃんたちもさっき言ってたけど、そのスキルポイントは、オイラのオマケで手に入れたようなもんでしょ？　だったら、オイラの好きにポイントを振ってて、いいじゃない？」

オイラの屁理屈《へりくつ》に、父ちゃんは半信半疑ながら、『金属判別』を取ってくれたって、くれたようだった。

「じゃあそのまま、『金属判別』にスキルポイントを振り続けて。『金属判別』をレベルアップさせてって」

「はぁ？　なんでそんな無駄を？」

「まぁ、いいからいいから。『金属判別』のレベル1で錫《すず》と鉄と鉛の判別、レベル2で金と銀と銅、レベル3でチタンとミスリル、レベル4でオリハルコンとアダマンタイト、レベル5で全ての金属の判別。で、レベル5がMAXで、そこまでいくと次に『鉱石判別』が取れるようになるよね？」

「あ、ああ」

オイラと父ちゃんのやり取りを、ルル婆とララ婆、マツ翁は不思議そうに見守っている。

「じゃあ、『鉱石判別』も、さっきの調子でレベルMAXまで取って」

「はぁ？　そんなもんスキルに頼らなくても、嗅《か》げば分かるだろ？」

「いいから。黙って取って」

『嗅げば分かる』というのだって、初めにサンプルとしての金属や鉱石のにおいを知っていればの話だ。いくら本を読んだって、においの記述なんてない。オイラはスキルに頼らざるを得なかった。

とは言っても、何も父ちゃんへの意趣返しのために、こんなことをやらせているわけじゃない。

「MAXまでいった？　ここまででスキルポイントは10消費。まだ、2、余ってるね？」

「おう？」

そこまで言って、父ちゃんも気付いたようだった。

半信半疑だった顔が、驚愕《きょうがく》にゆがむ。

「な、なんだこれは？」

「どうしたっていうんだい、ノマド？　あたしらには見えないんだ、しゃべってくれなきゃ分からないよ」

焦《じ》れたような婆ちゃんたちに、オイラはニンマリほほ笑む。

「『金属判別』のレベルＭＡＸで、初めて取れるようになる、『鉱石判別』。その『鉱石判別』のレベルＭＡＸで、さらに初めて取れるようになるスキルが二種類あるんだよ。『合金《ごうきん》判別』と、『金属製錬』」

「「はあっ？」」

父ちゃんはぎぎきぃっと首を回し、オイラの顔を見つめる。

「俺の……見間違いじゃないんだな？　『金属製錬』？　つまり、このスキルを取れば……」

「そう。わざわざろくでもない製錬所に頼まなくても、自力で製錬出来る、ってわけだね」

その瞬間の父ちゃんの顔を、なんて表現したらいいんだろう。

最初、驚愕に目を見開いてから……ぱぁぁぁあっと全身に喜びの波が広がっていく。

まさに喜色満面《きしょくまんめん》。

今までの、鬱屈《うっくつ》していた全てが、解き放たれていくようだった。

「本当かっ、本当なのかっ、ノア!?　これで……これで俺はっ。鍛冶が、鍛冶が出来る？」

うおおおぉぉぉぉぉぉっっっっ、と雄叫《おたけ》びを上げだした父ちゃんに水を差すようで悪いんだけど、オイラはひとこと付け足しておく。

「でも。父ちゃん。『金属製錬』も、レベル５まであるから。さらにその上に『金属精錬』もあるし」

　ぴたっ、と雄叫びをやめて、父ちゃんが情けなさそうに振り返る。

「ひょっとして、『金属製錬』のレベル2までで出来るのって、錫《すず》と鉄と鉛と銅と金と銀の製錬だけか？」

　父ちゃんにとっては、ミスリルやオリハルコンの製錬が出来なきゃ意味がないのだろう。

「ううん。『金属製錬』のレベルは、かかる時間を示してるんだ。レベル2でも相当時間はかかるけど、オリハルコンの製錬も出来ると思う。レベル5にまでなれば、ほとんど一瞬だけどね」

　父ちゃんがまた嬉しそうな顔をする。

「時間がかかるったって、何も三か月もかかるわけじゃああるまい。何より、もうろくでもない製錬所に頭を下げる必要も、マツ翁に無理を聞いてもらう必要もなくなるわけだ！　マツ翁、今まで本当にすまなかった。ノア！　これから俺ぁ、打って打って打ちまくるぞ！」

　父ちゃんが浮かれまくっているすぐ横で、オイラは婆ちゃんたちとこっそり相談する。

「あのさ、今回のスキルポイントで『金属製錬』までギリギリいけたけど」

「しょうだねえ、さっきの話を聞く限り、ノアしゃんの言う、『金属精錬』のレベルＭＡＸまで取っといたほうがいいだろうね」

「ノマドほどの鍛冶士が、製錬所の不遇で鍛冶が出来なかったとは、思いもしなかったの」

「ってことは、やっぱり」

「あと何回か、ノマドを引きずって女王竜のとこまで行ったほうが、いいだろうね」

「でも婆ちゃんたちに脅されたからなぁ。黒モフが協力してくれるか……」

「なぁに、黒モフは賢い子しゃ。説明すれば、分かってくれるよねぇ？」

チラッ、とララ婆の視線を受けて、オイラの懐で黒モフが凄い勢いで上下に揺れ出した。

どうやらギルドマスターのサンちゃんよろしく、全力で頷いているらしい。

「んじゃあ、婆ちゃんたちがいてくれる間に、またひと回り、『竜の棲む山脈』に行っとく？」

「まぁ、しょうがないねぇ」

「ノマドがこのままじゃ、オムラもおちおち眠っていられないだろうしね」

「何日か、引きずり回すとしようか」

父ちゃんのため、とは言いつつ。

にんまりと浮かべた笑みが、邪悪さに満ちている三人（オイラ含む）だった。

## 17　マグマ石の鎌①

婆ちゃんたちとオイラによって、その日の午後と次の日丸一日『竜の棲む山脈』を連れ回された父ちゃんは、無事に『金属製錬』『金属精錬』ともにＭＡＸまで上げることが出来た。黒モフも、ちゃんとオイラたちの会話を理解してくれていて、多少、婆ちゃんたちにキョドってはいたけど、父ちゃんをパーティ認定してくれたようだ。

ちなみに、エスティのところには行っていない。

なんだかエスティは父ちゃんに含むところがあったみたいだし、黒モフのために利用させても
らったばっかりで、また父ちゃんのために利用させてくれ、と言うのがはばかられたからだ。

せっかく鍛冶が出来る、と張りきった瞬間にを引きずり回されて、父ちゃんはぐったりしていたけど、製錬だけで何日も潰れるような日々をすっ飛ばしてやったんだもの。ルル婆もララ婆もオイラも、何ら反省するところはない。

「さて、いよいよ製錬スキルを試してみたいところだが……」

ちょっとやつれた父ちゃんが、鍛冶場を見回して、それからオイラに視線を戻した。

『竜の棲む山脈』を連れ回し、『金属精錬』がMAXに出来た翌日だ。

王都に住まいのあるマツ翁は、一昨日の時点で帰っている。

「その前に。ノア、一昨日の続きだ。テリテさんの鎌を見てやろう」

「え？　ホント？　父ちゃん？」

「本当は一昨日、見てやるつもりだったんだが、問答無用で『竜の棲む山脈』行きになっちまったからな。お前が鎌とか打ってるのも、一昨日初めて知ったし。お前が普段やっている通りに、打って見せてくれ」

そう言われて、オイラの中にじんわりと喜びが広がっていく。

ついに、ついに、父ちゃんが、オイラの鍛冶を見てくれる。

嬉しい反面、いざとなると緊張に少し指先が引きつる。でも、オイラだってもう五年も金槌を

握ってきたんだもの。父ちゃんにはまだかなわないだろうけど、オイラなりの鍛冶を見せてやる。

せっかく父ちゃんが見てくれるっていうのに、剣じゃなくて鎌ってのも変な話だけど。でも、父ちゃんがこれから『打って打って打ちまくる』つもりなら、今じゃなくても、また機会はあるだろう。

何だかんだあって、テリテおばさんに頼まれた草刈り鎌のこと、すっかり忘れてたし。

「じゃあ、一昨日の朝の続きから。テリテおばさんは、雑草が燃やせたらいいのにって言ってたから。マグマ石をベースに、隕鉄《いんてつ》にチタン、アダマンタイトを加えて」

幸い、テリテおばさんの鎌に使おうと思っていた鉱石と素材は、鍛冶場に出しっぱなしになっている。

オイラはソワソワと鍛冶の用意を始めた。

最初に炉に火を入れて、ふいごで風を送って温度を上げながら、出しっぱなしになっていた鉱石と素材を確認していく。

「火竜……じゃなかった、女王竜のウロコに、グリフォンの羽根、クイーン・ビーのローヤルゼリーに、マンティコアの針」

「……」

父ちゃんは特に何も言わずに、オイラのやることを興味深げに覗き込んでいる。

その後ろで、婆ちゃんたちが何やら目を丸くしていた。

「四種合金⁉」

「しょのうえ、四重付与じゃと!?」

「二種合金か、二重付与のどちらかが出来る鍛冶士とて、国に十人もおらんだろうに」

「ノマドですら、二種合金二重付与までじゃったよな?」

「しかも草刈り鎌に、マグマ石！　アダマンタイト！　女王竜のウロコ！」

「エリアボスのドロップアイテムまで使うのかい?」

「常識的にゃ、信じられないようなマネしゅるね」

「世も末じゃねぇ」

首を振りながら何やら嘆いているララ婆とルル婆はさて置いて、オイラはドキドキしながらも、「いつも通りいつも通り」と自分に言い聞かせながら、鍛冶を進める。

一昨日までは、どうにか父ちゃんにやる気になってもらおうとしてたけど、いざやる気になった父ちゃんに見てもらえると思うと、心臓がバクバクする。

鍛冶場以外の父ちゃんは、ふにゃふにゃなんだけどなぁ。

「まずは、使う鉱石を製錬して」

両手を鉱石にかざして包み込むようにスキルに集中すると、瞬く間に各々《おのおの》の鉱石から金属が製錬される。

「次に、この金属を精錬して、純度を上げる」

やはり、製錬した金属に両手をかざし、包み込み、昇華《しょうか》するイメージで精錬する。

『金属精錬』の上位スキルに『金属抽出』というものがあり、そっちを覚えてからは『金属製錬』

『金属精錬』のスキルを使うことはほとんどなくなった。なぜなら『金属抽出』を使うと、普通の製錬では蒸発してしまう、メインとなる金属以外の微小金属まで取り出せるからだ。

でも今回は、父ちゃんの参考にもなるだろうし、『金属製錬』をあえて使ってみた。

「これで、金属の下準備はほぼ完了。次は素材を」

オイラは皿を四つ取り出し、その上に各種素材を置いていく。

「しゅさまじいね、製錬も精錬もほぼ一瞬で終わったよ」

「鍛冶屋でなくても、製錬業でも食っていけるんじゃないのかい？」

「いい小遣い稼ぎになりそうじゃね」

空中をふわふわと浮きながら、ルル婆とララ婆がオイラの手元を覗き込む。

「『素材錬成』のスキルで」

「『素材錬成』っ⁉　初めて聞くよっ⁉」

「なんだい、しょりゃっ？」

「鉱石の製錬と同じだよ。素材を、鍛冶に使える粉末状にする。ホントは、乾かして、魔道具で砕いて薬研ですって、とかやるんだけど。父ちゃんも、昔はよくゴリゴリやってたなぁ」

言いながら、オイラは皿の上の素材を一つ一つ粉にしていく。

「これまた、一瞬で」

「展開が速いから、見てて面白いの」

そこからオイラは、一旦炉の温度を確認し、さらにふいごで風を送る。

炉にはあらかじめ、細かく切った炭を入れてある。

炉の熱を上げながら、オイラは素材を均等な分量になるように混ぜ、さらに藁灰《わらばい》と混ぜていく。

藁灰は、秋の稲刈りの後、テリテおばさんにもち米の藁を分けてもらって大量に作りだめしてある。うるちよりももち米のほうが、鍛冶の藁灰には向いているって、その昔父ちゃんが言ってた気がするから、こだわってみた。

炉が十分熱くなった頃、オイラは精錬で出来た四種類の金属片を、鍛冶用に作ったテコ棒の先の台の上に積み重ね、水で濡《ぬ》らした紙で包み、上から素材の粉を混ぜ込んだ藁灰をまぶした。この台はそのまま刃物の一部になるため、オイラは特別にマグマ石やその他の金属で作り置きしている。

それを崩さないように、慎重に炉の中に入れる。

ふいごで空気を送りながら、金属の色が変わるのを観察する。金属が赤くなったら、取り出して金槌で打ち、また藁灰をまぶして炉に入れる。何回か繰り返すと段々と、四種の金属が一塊《かたまり》になっていく。

飛び散った火花の欠片を集めて、金属の塊の上に載せて、また炉の中へ。バラバラだったものが、ひとつになって、飛び散って、またひとつになって。赤い熱の中で一緒になって溶けていく。この瞬間が、一番好きだ。

それを確認したら、次は成形。

今回は剣じゃなくて鎌だから、独特のカーブを作らないと。

鎌用の型にあてがって、金槌で打ち、だいたいの形を整える。

このときに、刃だけじゃなくて、柄の部分に差し込む「なかご」も作っておかないと。

冷めたら炉の中に戻して、また熱して成形。

何度か繰り返して満足のいく形になったら、次は焼き入れだ。

熱した金属を一気に水に入れて、硬くする。

焼き入れのための石造りの水槽は、いつも水が目一杯汲《く》んである。

もう一度炉の中に入れ、赤く焼けた鎌の刃を、一気に水槽の中へと突っ込む。

じゅぅぅぅうっっ。

水槽からもくもくと湯気が立ち上って……水槽から取り出した鎌の刃は、冷えたにもかかわらず、鈍い赤色だった。

マグマ石をベースにしている証拠だ。

「ほぉ、赤い刃か」

「こりゃ熱そうな鎌じゃの」

婆ちゃんたちが楽しそうに鎌の刃をつつく。

「四種合金の鎌じゃ、どんな切れ味かの」

「ローヤルゼリーも入っとるんじゃ、甘いかもしれんの」

「あっという間に出来たの」

「待って、まだやすりをかけて、柄を取り付けなきゃ……」

そこまで言って、オイラは、今まで沈黙していた父ちゃんが、額に手を当ててぷるぷる肩を震わせているのに気付いた。

「父ちゃん？」

「なんだその、スキルと素材のゴリ押しわぁぁあああああっっっっっ⁉」

声を震わせて、父ちゃんが盛大に叫んだ。

## 18　マグマ石の鎌②

「石がっ、素材が泣いてる！　自分の力はこんなもんじゃないと、泣いてるのが分かんねぇのか、ノア⁉」

いやすいません、分かりません……

「毎日鉱石を拾って、毎日剣を打って、打った剣を三本持って、毎日鉱石拾いに出掛ける……そう聞いたときから、おかしな気がしてたんだ。一本の鎌を打ち上げるのに、三十分⁉　正気か⁉　剣だってどうせ似たようなものなんだろう？　お前が打ってるのは、鍛造品《たんぞうひん》じゃないっ」

「鍛造って？」

首を傾げたオイラに、父ちゃんが絶望の表情を浮かべる。

「そこからかよ……いいか、鍛冶屋には二種類ある。まず、俺がやっている剣なんかの鍛造鍛冶。金属を金槌で叩いて叩いて、鍛えて作る鍛冶だ。次が、鋳造《ちゅうぞう》鍛冶。金属を溶かして、鋳型《いがた》に流し込

んで作る鍛冶だ。こっちは、武具より、鉄瓶《てつびん》や鐘、取っ手、置物といった複雑な形をしたものに向いてる。鍛造鍛冶は、時間がかかる代わりに硬くて粘りのある、折れにくい実用的な刃物が出来る。まぁ、武器・刃物専門みたいなもんだ」

そこで父ちゃんは一回息を吸うと、鼻の頭にしわを寄せて一息に吐き捨てた。

「鎌を鍛造鍛冶で作る、ってのは間違ってない。間違ってるのは、お前の鍛冶のやり方だ！　知識も技術も経験も、何にもないっ。あるのはスキルと素材だけだっ」

ビックリするかな？　と親にいたずらを仕掛けたらマジギレされたような気分で、オイラの両目に涙が滲んでくる。

鼻が、ツンと痛んだ。

「何だよ、何も教えてくれなかったくせに、間違ってる、間違ってる、って！」

「鍛冶なんてのは教えてもらうもんじゃないっ、見て盗んで体で覚えるもんだっ」

「盗もうにも、鍛冶なんてろくにやってなかったじゃないかっ」

「俺だってやりたかったわ！　そもそもお前の歳で、金槌振るおうなんて十年早い！」

「なまくらでも剣のひとつもなかったら、今、オイラ、生きちゃあいないんだよ！」

剣もなしにエスティと戦うとかぞっとしない。グリフォンの爪ひとつ満足に採れはしなかっただろう。

取っ組み合いの喧嘩になりかけたところで、ララ婆が割って入る。

同時にルル婆の魔法だろうか、バケツ一杯分ほどの水が、ざばんっとオイラと父ちゃんの頭に振りかかった。

「ちったぁ落ち着きな。鍛冶のこととなるとムキになるのはそっくりだね。ノマドもノアしゃんも、これまでのことは忘れなよ。言ってもしょうのないことしゃ。でも、これからは違う。ノマドが小槌を振るって、ノアしゃんが相槌《あいづち》を打つ。それで少しずつ技を盗んでいけば、それでいいしゃね」

喧嘩腰ながら半泣きになっていたオイラが、鼻をすする。

「……相槌って？」

「……だからなぁ」

頭を抱えつつ、父ちゃんはスーハーと深呼吸をして気持ちを落ち着かせる。

「鍛造鍛冶ってのは、打って打って打ちまくるんだ。それで金属を鍛える。一本の剣を打ち上げるのに、一週間や十日はかかるのがざらだ。ノア、お前のやり方じゃあ、圧倒的に打ちが足りない。だがそうやって、何度も何度も熱して打って、ってのを繰り返すと、段々金属が熱に負けて少なくなっていっちまう。だから相槌といって、金属が熱に負ける前に効率良く鍛えるための相方が必要になるんだ。先手《さきて》とも言って、鍛冶士の指示で金槌を振るう女房役だな」

「父ちゃんは、いつも一人でやってたよね？」

「そりゃあまあ、俺のとこには弟子が居つかねぇから……いやまぁ、それはともかく。ノア、まず、お前が用意した鎌の材料を説明してみな」

「え？　うん……まずはマグマ石。これは、火の性質を持っているから、相手に火属性のダメージを与えられる。雑草を焼き払うにはちょうどいいと思ったんだよね」

「うん、それから？」

「アダマンタイトはすっごい硬いから。鎌が丈夫になるように」

「隕鉄とチタンは？」

「隕鉄は、マグマ石と相性がいいから補助として。チタンは……なんていうか、数合わせ？　合金の種類が増えるほど、耐久性が上がるんだよね。オイラが作るものは、折れやすいから」

「だからそれは、鍛錬の回数が……まぁいい。素材は？」

「竜のウロコは、耐久性アップの代表的な素材だよね。火竜のウロコなら、耐久性の他に火属性もプラス。グリフォンの羽根で、速さに補整。マンティコアの針で、攻撃力と防御力に補整。クイーン・ビーのローヤルゼリーで、金属に柔らかさをプラス」

「ちょっと待て。草刈り鎌に、攻撃力？　柔らかさ？　どーいうことだ？」

「だって、アダマンタイトってすっごく硬いじゃないか！　とてもじゃないけど、ローヤルゼリーの力を借りなきゃ、成形なんて出来ないよ」

「それは火入れと温度が足りな……まぁいい。で、なんで攻撃力？」

「そりゃあ、テリテおばさん、鎌で戦うからね。畑を荒らす害獣なんて、鎌の横薙ぎ一発だよ？」

「……頭痛くなってきた」

「大丈夫、父ちゃん？　二日酔い？」

覗き込んだオイラの肩を、父ちゃんががっしりと掴む。

にまぁっと笑ったその顔は、一昨日のルル婆とララ婆にどこか似ていた。

「まぁ、いいさ。鉱石と製錬の懸念《けねん》もなくなったんだ。これからじぃぃぃぃぃぃぃっっっくりと、仕込んでやろうじゃないか」

「ひぃぃ」

これから半年間は鉱石拾いも素材集めも禁止、じっくりがっちり鍛冶修業に打ち込むぞ、との非情な宣言に、オイラは泣く泣く頷いたのだった。

## 19　お隣のテリテおばさん①

「しゃて、じゃあそろそろ、戻るとしゅるかね」

「しょうだねぇ」

父ちゃんの前でマグマ石の鎌を打った翌日。

オイラの用意した朝食を食べ終わると、ルル婆とララ婆は伸びをしながら、そう言った。

「悪かったな、ルル姐もララ姐も。都合も聞かず、一方的に呼び出しちまって」

珍しく父ちゃんが反省している。

「いいんじゃよ。久しぶりにノアしゃんの顔も拝めたし」

「結果的に、ノマドがまた鍛冶に打ち込めるようになったんだしねぇ」

「オムラもこれで一安心じゃろ」

「帰る前に、線香の一本もあげてくかね」

母ちゃんのお墓は、うちとテリテおばさん家との間にある。

四角い白い石に、母ちゃんの名前が刻まれているだけだけれど、周りは花畑になっている。どうせノマドはマメに墓掃除なんかしないだろう、と言うルル婆とララ婆が、母ちゃんの埋葬《まいそう》の後、種をまいてくれたらしい。来るたびに、ルル婆が『活性化』の魔法をかけてくれるので、毎年元気に咲き茂っている。

ルル婆とララ婆と一緒に家を出たオイラは、手にマグマ石の鎌を持っていた。

墓参りのついでに、お隣のテリテおばさんに届けるつもりだ。

父ちゃんも、酒瓶《さかびん》を持ってついてくる。


昨日……大変だった。

まず、「石が泣いている」とか言う父ちゃんに、「鎌を元の金属に戻せ」と言われた。

はっきり言って、無茶ぶりもいいとこだ。

粉でも液体でも、混ぜるのに手間はかからない。でも、それを元の状態に戻そうというのは……。

ぶどうとリンゴのミックスジュースを、ぶどうジュースとリンゴジュースに分けようとする人間が果たしているだろうか？

まして、『合金』スキルで合金したものは、通常の製錬で金属を取り出すことは出来ない、というのが鍛冶士の常識だ。いくら名剣だって壊れたら最後、そのまま捨てられる運命にある。

ルル婆とララ婆も呆れていた。

でも。オイラはふと思いついてしまった。

父ちゃんのレベルアップを強行したおかげで、オイラもスキルポイントに10の余剰が出来た。

オイラの持っている『金属抽出』。さらに、『金属精錬』レベルMAXで取れる『合金判別』。これをどうにかしたら、合金を元に戻すことも出来るのではないだろうか？

イラッとした父ちゃんを待たせつつ、オイラはスキルボードをいじりつつ四苦八苦した。

レベル1で放っておいた『合金判別』をレベル3にして、MAXに。

続いて『合金分析』が現れる。『合金分析』はレベル3にしてMAXに。

すると、MAXだった『金属抽出』の横に、『合金還元《かんげん》』が現れた。


**『合金還元』**

**レベル1で、二種の合金を元の金属に戻す。**

**レベル2で、三種の合金を元の金属に戻す。**

**レベル3で、四種の合金を元の金属に戻す。**

**（ただし、合金作成時に使用した素材の効果は消滅する）**


「うわっ本気で出来た！」

自分でもびっくりしつつ、マグマ石の鎌を四種の金属片に戻した。

そして、それから父ちゃんに教わりつつ、手伝ってもらいつつ、しごかれつつ、改めてテリテおばさんのための鎌を打った。

本当に、打って打って打って、ひたすら打って。

藁灰の他にも泥汁を使うとか、焼き入れのときには刃以外に土を盛るとか、知らなかったことも色々と教えてもらった。

オイラが作った時よりもちろん時間もかかって、打ち終わる頃にはとっぷりと日が暮れていた。

父ちゃんいわく、「ノアが世話になってるテリテさんに、半端なものを渡すわけにはいかないだろう」と。

それでも、父ちゃんによると、あくまで武具でなく農具なので、剣とかよりだいぶ工程が少ないそうだ。

ちなみに、父ちゃんが二種合金までしか出来ないのに、オイラが四種まで出来る理由だけど、これはただ単純に、『合金』と『素材付与』のスキルレベルによる。

ただ、このスキルのやっかいなところは、『合金』も『素材付与』も、スキルレベル30まで何の変化もないことだ。ただ無為に、スキルポイントを割り振っていかなければならない。スキルレベルが30になって初めて、『二種合金』『二重素材付与』が取れるようになる。つまり、最低でもレベルが31なければ、ふたつの金属を合金にすることは出来ない、というわけだ。

『二種合金』と『二重素材付与』を持つ父ちゃんは、それだけでスキルポイントを62使っていることになる。

繰り返すけれど、鍛冶士は戦闘職ではない。平均レベルは、ベテランでも10～15といったところらしい。オイラも最近知ったんだけど。

ゆえに、普通の剣は、一種類の金属に一種類の付与。

レベル31になるあてが全くないなら、腕力やスタミナ等、低レベルでもそれなりの効果を見込めるスキルに振ったほうが有用だから、通常の鍛冶士は『合金』『素材付与』にポイントを振ることはほとんどない。そのへんが、ルル婆とララ婆が言っていた、『二種合金』『二重付与』の出来る鍛冶士は国に数人、という所以《ゆえん》だ。

オイラの『合金』『素材付与』は、共にスキルレベル100。スキルポイントを93ずつ振って初めて、『四種合金』『四重付与』が可能となる。そこまでして、オイラが作れたのは【特異級】が最高だった。

剣には階級がある。

そして、鍛冶士の初級スキルに、『武具鑑定』というものがある。

わずかスキルポイント1で、武具の『耐久性』『攻撃補整』『速さ補整』『防御補整』、そして【階級】が鑑定出来る、という鍛冶士の必須スキルだ。

剣の階級は、下から、

【量産級】
【職人級】
【名人級】

【希少級】

【伝説級】

【神話級】

となっている。

あれ？　オイラの打つ【特異級】は？

実は【特異級】は、枠外に位置する。

例えば、攻撃力は【伝説級】に近いものの、耐久性が皆無で一撃で壊れる武器。

速さ補整は凄まじいものの、攻撃補整は限りなくゼロに近い武器。

耐久性は何千年と持つレベルであるものの、ミノタウロスでもなければ持てないような超重量武器。

そういった通常の階級からはみ出た、けれど一芸に突き抜けた武器が、【特異級】と鑑定される。

別名を浪漫《ろまん》武器。価値としては、【職人級】と【名人級】の間くらいだ。

『二種合金』『二重付与』までしかスキルのない父ちゃんが、【伝説級】の武具まで打てるのは、まさに『神の鍛冶士』と言っていい技術だと思う。

墓参りに酒瓶を持ってきた父ちゃんに、ルル婆とララ婆は最初、白い眼を向けていた。

けれど、ルル婆とララ婆、そしてオイラが線香を供えて離れた後。

父ちゃんは、酒瓶を傾けて、母ちゃんの墓石にかけていた。

母ちゃんは父ちゃんよりもずっと酒豪《しゅごう》で、元気な頃はよく一緒に飲んだけれど、オイラを産んでから体調の思わしくなかった母ちゃんは、ずっと酒をひかえていたのだと、後でルル婆に聞いた。こっそりと、『心配かけたな。もう、大丈夫だから』と言っている父ちゃんの声が聞こえて、ララ婆がひっそりと目頭《めがしら》を熱くしていた。

「しゃてと。ここまで来たついでだ。ノアしゃんがお世話になってるっていうテリテしゃんに、あたしゃらもあいさつしていくとするかね」

「しょうじゃの。次はいつ来られるか、分からんしの」

テリテおばさんのところに顔を出してくれる、という婆ちゃんたちと歩きながら、オイラはふと疑問に思ったことを口にする。

「そういえばさ。ダンジョンのエリアボスのドロップなんだけど。オイラしか出来ない裏技だ、って婆ちゃんたちは言ったけど、婆ちゃんたちなら余裕で出来るんじゃない？」

「何を言うのしゃ。わしゃの一番弱い魔法だって、十発も当てりゃあ大抵のエリアボスは倒しちまうよ」

「あたしゃはスピードはあるけど、スタミナはないから、百発も当て続けるのは無理だよ」

「だから、ルル婆には魔法障壁で守ってもらって、ララ婆が攻撃。疲れたらルル婆のとこに戻って休憩」

「確かに、わしゃの普通の魔法障壁なら、出入りは出来るけどね」

「確かに、あたしゃはルルやジェル坊ほど攻撃力はないけどね。それでも、二十発も当てない内に、大抵のエリアボスなら倒しちまうよ」

しわしわの唇をとがらすララ婆は、婆ちゃんだけどかわいいと思う。さすがに白髪はあるものの、小さい耳もふもふしっぽも、キレイに毛づくろいされてハゲひとつない。

「だから、そこはさ。オイラが攻撃補整マイナスの武器を用意するから」

「はぁ？」

「攻撃補整まいなしゅ？」

婆ちゃんたちが驚く横で、なぜか父ちゃんが道の脇にあった木に頭をぶつけている。

「うん。素手で殴るより、攻撃力が弱くなる武器。必要に迫られてたまたま見つけたんだけど、攻撃力が落ちる素材、ってのもあるんだよ。図鑑にも載ってないし、結構探すの大変だったけど」

「必要に迫られて？」

「探した？」

図鑑にも載っていない、父ちゃんも知らない、誰も知らないかもしれない、そんな鍛冶素材を見つけたとき。オイラは最高にワクワクする。

物凄くたくさんの素材を集めてきたせいか、時々、初めて見るものでも、『これ、鍛冶に使えるかも？』と直感的に閃《ひらめ》くときがある。本当にそれが鍛冶に使えたかどうかは半々くらいだけれど、本当に使えるだろうか、どんな効果があるだろうか、と持って帰って試してみるまでが、最高に幸せで、何とも言えずドキドキする。

いつか、誰も知らない鉱石を見つけて、誰も知らない素材を使って、誰も見たことがないような剣を打つ。

父ちゃんが腰を抜かすような武器を打ってやる。

それがオイラの夢であり、目標だ。

「うん、テリテおばさんとこのシャリテ姉ちゃんにね……」

そこまで言ったとき、オイラは遠くの畑の中で仕事をしているテリテおばさんを発見した。

「あ、あそこにいるのがテリテおばさんだよ。……テリテおばさーーーん！！　頼まれてた鎌、持ってきたよーーーーー！！」

こっちに気付いたテリテおばさんが、立ち上がって大きく手を振ってくれる。

大きな麦わら帽子に、肩にはタオル、青いサロペットの典型的な農婦《のうふ》の格好だ。

「ん？」

「んんん？」

婆ちゃんたちが、眉根を寄せる。

「あそこはしゅでに、『無限の荒野』じゃないのかい？」

「いや、しょんなバカな。魔物の領域に、畑とか……」

なんだかんだ言いながら近づいていくと、満面の笑みのテリテおばさんが待っていた。

婆ちゃんたちの口があんぐりと開く。

「テ、テリテって！」

「あのテリテだったのかい⁉」

「え？　婆ちゃんたち、テリテおばさんのこと、知ってるの？」

「知ってるも何も！」

「あたしゃらの他に、この国に数人しかいないSランク冒険者！　しょの中の現役トップに君臨《くんりん》する、『冬のテリテ』だよ！」

熊の獣人のテリテおばさんは。

そのムキムキの胸板を張って、ガハハと照れたように笑った。

## 20　お隣のテリテおばさん②

「テリテおばさん、冒険者だったの？」

驚くオイラに、テリテおばさんは耳の後ろを掻いた。

「ほら、冬場、ここらは雪が深いから、農家はみんな出稼ぎに出るだろ？　うちは動物がいるから、父ちゃんは無理だけど。それがたまたま冒険者だった、ってだけさ」

「Sランク冒険者が、農家の出稼ぎ……」

「冬にしか見かけんと思ったら……」

「そもそも熊の獣人は、冬に弱いんだけどね。女は子育てもあるし、比較的動けるんだよ。動きは鈍くなるけどね。男は寝てばっか。まぁ、うちの父ちゃんは狼だから、安心して留守を任せられる」

大柄でムキムキ筋肉質、茶色い耳をぴくぴく動かしながら、照れ臭そうに旦那さんのことを語るテリテおばさん。実際、二人はムチャクチャ夫婦仲がいい。旦那さんのマーシャルおじさんは、テリテおばさんより縦にも横にもひと回り小さいけれど、優しくて人の好いナイスミドルだ。

「動きが鈍くなってて」

「現役トップとか」

ルル婆がこっそり眼鏡を取り出そうとして、ため息と共にしまっている。

断りもなく鑑定するのは、失礼だと思い直したようだ。

「やたら強いと思ったらそういうことだったのか。テリテおばさん、畑荒らしの害獣くらい片手で絞《し》め殺せるもんね」

「はは、ノアちゃんに剣を教えたのはあたしだからね。ノアちゃんが余裕でかわせる相手にあたしが苦労してたら、笑われちゃうわ」

にこやかに言うテリテおばさんの言葉に、父ちゃんがぎぎぎぎっと首を動かしてオイラの顔を見つめる。

「ノア、お前、テリテさんに剣を教わってたのか」

「うん?」

テリテおばさんが、にっこりとどす黒い笑顔を父ちゃんに向ける。

「おや、これはお久しぶりですねぇ、ノマドさん。八歳児が何の下準備もなく、『無限の荒野』に行って、無事に生きて帰れるわけないでしょうが。最初、ノアちゃんの話を聞いたときにゃ、殴り込んでやろうかと思ったわ」

「いや、あの、その」

テリテおばさんのでっかい拳で殴られたら、父ちゃんは潰れてノシイカになっちゃうんじゃなかろうか。

「で、でもねっ、テリテおばさん。父ちゃん、悪い人に騙されて、鍛冶が出来なかっただけだったんだ！　無事に金属が手に入るようになって、これからはっ、ちゃんと仕事してくれるって、さっき母ちゃんのお墓に報告してくれたんだよっ」

「ノアちゃん……」

なぜか、テリテおばさんが目をうるませる。

「ノマドさん、あんた。十四のノアちゃんに、こんなこと言わせて……もしこれで、また酒浸りになんぞなった日にゃあ……」

テリテおばさんの、日に焼けたでっかい拳に血管が浮く。

父ちゃんの耳がぺたりと寝て、しっぽが小刻みに震え出した。

「も、もちろん、もちろんです、テリテさん。ノアが、物凄ーーくお世話になったようで」

「大したことはしてないよ。ノアちゃんの持ってきてくれる農具にお肉。あたしが戦い方を教えるのと、うちから持ってく野菜にお米。持ちつ持たれつ、いい取引さ」

「お肉？　ノアしゃんは、魔獣を殺してないんじゃないのかい？」

「そもそも、『冬のテリテ』なら、肉くらい自分で狩れるじゃろうに」

首を傾げる婆ちゃんたちに、テリテおばさんは豪快に笑う。

「そりゃあ、畑を狙って湧く害獣くらい、わけはないさ。うちは熊に狼、ほとんど肉食だからね。けど、ノアちゃんの持ってくるお肉は特別なんだよ。いっつも結構な塊でくれるんだけど、ムチャクチャ美味しくてね。うちの食卓で一番のごちそうさ。……そういえば、あれは何の魔獣の肉なんだい？」

「え？　竜のしっぽ」

「「「「！！！？？？」」」」

全員がギョッとおいらを見つめた。

「え？　言ってなかったっけ？」

「……言ってなかったよ」

テリテおばさんまで頭を抱え出した。

「自分が食べてる肉の元を知らなかったテリテしゃんもテリテしゃんだけど。『竜の肉』たぁ、どういうことだい？　あんた、『竜の棲む山脈』で、魔獣は殺してないんじゃないのかい？」

「え？　婆ちゃんたちも食べたでしょ？　昨日の晩ごはん」

「……あのビーフシチュー！」

「ノマドが、ノアしゃんの得意料理だって褒めちぎってたけど」

「確かにムチャクチャ美味しかったねぇ」

「長年食べてるが、まさかあれが……そもそもドラゴンシチューであってビーフじゃねぇし」

「え？　言ってなかったっけ？　竜って。父ちゃんの好物でしょ？　ほら、ドラゴンステーキとか？」

「……まさか文字通りのドラゴンか」

眉間に指を当てて、顔色を青くしたり赤くしたりしている。

血圧上がるよ？

「うちに、普通の肉屋さんで、あんなおっきな牛肉買うお金なんてあるわけないじゃん。竜は殺してないよ。エスティがね、『竜は、しっぽの一本、腕の一本千切れても、回復魔法一発で復元出来る。特にしっぽはほっといても回復する。竜同士でも、戦った相手のしっぽを奪って食べることがあるが、結構な美味だぞ？　ノアも取れたら食べてみるがいい、未熟な竜にはいい刺激になろう』って言うから。しっぽも、素材扱いって感じ？」

「……」

「ほっといても生えるって、トカゲみた……」

失言しかけたテリテおばさんの口を、オイラがガシッとふさぐ。

「それ、竜に聞かれたら、物すんごく怒られるからね」

テリテおばさんが無言でこくこく頷いた。

そのとき、はっ、としたようにララ婆が尋ねてくる。

「しょっ、しょういえばっ、骨はっ？　肉を取った後の、しっぽの骨はどうしたんだいっ？」

「スープにすると、いいダシが取れるんだよねぇ」

くらっ、とララ婆が立《た》ち眩《くら》みを起こす。

「大丈夫？　貧血？」

「……き」

「き？」

「貴重な、ドラゴンの骨を、まさかのスープのダシ……」

「え？　だって、鍛冶の素材にはならないよ？」

「この鍛冶馬鹿がっ!!　竜の骨は、金属に比べて軽くて丈夫で魔力に満ちてる！　魔道具の材料から高級ポーションの原料、防具の素材まで、幅広く需要がある割に、市場に流れることは滅多にない、幻の素材なんだよ!?　牙や角のほうが質は高いが、骨を削り出せば立派な剣にだってなる！　速さを重視するあたしゃら盗賊にとっちゃあ、垂涎《すいぜん》の的なんだよっ。削った粉だって、流すとこに流しゃあ高値で売れるってのに」

「へぇ」

「驚きが足りないっ！　『竜の棲む山脈』の竜を殺すことは出来なくもないが、しょの死体を『魔物の領域』の外に運び出すのは至難の業だ。まごまごしてる内に魔獣にたかられて、こっちが死体になっちまう。はぐれ竜の討伐依頼だって、ここ数十年出ちゃいない。竜の骨は、一部じゃ『至《し》宝《ほう》』と呼ばれてるんだよ!?」

「いや、その。欲しいなら、うちの裏に積んであるから。ダシを取っても、骨って残るし。ダシ取ってないのも、かなりあるし」

「！！！」

ララ婆はダッシュで走り去って行った。

## 21　お隣のテリテおばさん③

顔色を変えたララ婆が、ズダダダダタッと土煙もすさまじく走り去って行った。普段、たとえ浮いてなくても足音ひとつ立てないララ婆が、とても珍しい。

ちなみに、ルル婆とララ婆が普段浮いているのは、自分の痕跡《こんせき》を残さないためと、ルル婆の魔力鍛錬を兼ねているらしい。魔法使いは、髪の毛一本、爪の一欠片奪われても命取りになる――って、大変な商売だよね。

「よくもまぁ、盗まれなかったもんじゃ」

「まさか、竜の骨なんてお宝が、家の裏に無造作に置いてあるとは、泥棒だって思いもしないよね」

「普通は、大金庫に鍵に鍵を重ねて、保管してあるもんじゃからねぇ」

「ルル婆は、行かなくて良かったの？」

「竜の骨は、魔法の杖の材料にもなるって言ゃぁなるが、わしゃは、この杖が気に入ってるからね。

でも、魔法のいい触媒《しょくばい》になるし、知り合いの調合士は欲しがるじゃろう。あとで、わしゃも少しもらってってもいいかい？」

「どうぞどうぞ。今回、婆ちゃんたちには物凄ーくお世話になったから。少しでも役に立つなら」

安請け合いするオイラを、テリテおばさんがなんだか呆れたように見ている。

「そういえば、なんで大賢者のルル様と、大盗賊のララ様が、ここに？」

「おや、こりゃあ、あいさつが遅れたの。わしゃらは、ノアしゃんの母親のパーティメンバーでの。ここ数年は足が遠ざかっておったが、小さい頃のノアしゃんには、よく遊んでもらったもんじゃ。ノアしゃんが物凄～くお世話になっているという噂の『テリテおばさん』に、オムラの分まで礼を言わねば、と思っての。……礼を言う前に、ララは消えたが」

「へぇ、オムラさんと、ルル様ララ様が。ノマドさんとオムラさんがここに越してきたのは、ノアちゃんが生まれる半年くらい前だったから、オムラさんが冒険者をやっていたなんてちっとも知りませんでしたよ。あのオムラさんがねぇ」

テリテおばさんの記憶には、体を壊して寝付いている母ちゃんしか残っていないのだろう。

「あ、そうだ！　テリテおばさん、約束の鎌！　いつもありがとう！」

そう言って差し出した鎌を、テリテおばさんは嬉しそうに受け取る。

「見てもいいかい？」

「もちろん」

一応プレゼント？　なので、布でくるんで麻ひもでリボン縛りに結んである。

その麻ひもを、テリテおばさんがシュルシュルッとほどいた。

そして、鎌の刃を陽にかざす。オイラが最初に打ったときの鈍い赤色とは一線を画《かく》す、透き通るほどの鮮やかな赤が陽《ひ》の光に輝いた。

「へぇ、こりゃあ見事だ。腕を上げたねぇ、ノアちゃん」

テリテおばさんが、嬉しそうに目を細めた。

「それ、父ちゃんに教わって打ったんだ。オイラが一人で打ったのは、ダメダメでさ。今まで、半端な農具を渡してごめん。これからはもっとちゃんと修業して、もっともっと凄い鎌を、テリテおばさんに使ってもらうから！」

うんうん、と嬉しそうに頷きながら、テリテおばさんはオイラの頭をグシャグシャとかき混ぜる。力は強いし手は大きいけれど、優しくて、とても気持ち良かった。

「しょこは、鎌じゃなくて、武器でもいいんじゃないのかい？」

「『冬のテリテ』だしねぇ」

ふと見ると、早くもララ婆が戻ってきていた。

うちの裏にあった、一番立派なしっぽの骨を大事そうに抱えている。

『るんるん』という擬音でも聞こえそうなほどの上機嫌だ。

「お帰り、ララ婆」

「いやぁ、長生きはしゅるもんだね。こんな見事な竜の骨に出会えるとは思わなかった。で、いくらだい？　あたしゃに払える額なら、いくらだって用意しゅるよ？　屋敷の一軒、島のひとつだっていいしゃね」

「屋敷？　島？　その骨一個で？」

「小判だって宝石だっていいしゃね」

「いや、べつに、いいよ？」

「は？」

「オイラ的には、生ごみだったし？」

ルル婆とララ婆、テリテおばさんがそろってポカンとした顔をする。

「今回、婆ちゃんたちにはホントお世話になったから。あるだけ持ってってって？」

「……頭痛がしてきたよ。分かった、それじゃあ借りひとつってことにしとくよ。今日持っていくのは、この骨一本。ただし、あの骨。穴掘って埋めるでもなんでもいいから、あのままにしとくんじゃあないよ？　また取りに来るからねっ。間違っても野良犬なんかにかっさらわれるんじゃないよ？」

多分、オイラを心配してくれているんだろうララ婆のツンデレ発言に、オイラは笑って頷く。

「分かったよ、ちゃんと倉庫に入れとく」

確かに、大きな骨ってなんとなくわくわくするしね。犬の獣人の収集癖《へき》をくすぐる。

「ん？」

ふと、テリテおばさんが、何かに気付いたように斜め後ろを振り返った。

こげ茶色の耳が小刻みに動き、鼻がもごもごと動く。

「ノアちゃん。この鎌、さっそく使わせてもらうね」

「うん？　もちろん、どうぞ？」

頷いたとたん。

ぶんっっっっ！

大きく背中をのけぞらせたテリテおばさんが、物凄い勢いをつけて鎌を投げた。目にも留まらない速さで回転しながら、鎌が赤い弧《こ》を描いて飛んでいく。

「どうしたんだい、いったい？」

ララ婆が首を傾げた瞬間。

『ぶぎぃぃぃぃぃぃぃっっっっ』

物凄い悲鳴と、次いで、地響きが聞こえた。

「んー、ちょっと、行ってみるかい？　畑の外れにね、害獣が侵入しようとしてたから。うちの野菜を狙うたぁ、太いヤツだよ」

片方の唇の端をくいっと上げて、テリテおばさんがニヒルに笑う。

「今夜の肉が確保出来そうだよ。ノアちゃんの鎌で仕留められてたら、お裾分《すそわ》けもしないとねぇ。ノアちゃんの好きなベーコンでも作ろうか？」

楽しそうにみんなを先導して歩くテリテおばさんが、ふと眉をひそめる。

「焦げ臭いね。そうか。マグマ石の鎌だったねぇ。こりゃ、まずったかな？」

辿り着いた先では、巨大な生き物が、頭部に赤い鎌が刺さったままコゲていた。

「ありゃあ。こりゃ毛皮は全滅だねぇ。肉は……まぁ、食べられるか」

「って、こりゃあエルダーボアじゃないか！　害獣どころじゃない、立派な魔獣だよ！　『無限の荒野』の中でも上位種だ。しかも大きいね、こりゃ」

驚くララ婆は、それでもしっかり竜の骨を抱きしめている。

「いくらマグマ石とはいえ、そりゃああくまでも農具ですよ⁉　武器として鍛えたわけじゃない！　それでエルダーボアを一撃って、どんな攻撃力……」

父ちゃんが何やらぼやいているけれど、オイラにとっては日常の範囲内だ。

「美味しいよね、このイノシシ」

「ベーコンにすると最高さ！」

ガシッと手を合わせるオイラとテリテおばさんを見て、何か言いたそうなララ婆に、ルル婆が無言で首を横に振る。

その横で、早速持って帰って解体するか、とテリテおばさんが、イノシシをムキンと持ち上げた。擬音としては変な気もするけど、そうとしか表現しようがない。立派な筋肉が目にまぶしい。

「それにしても、もう一回うちの父ちゃんに見回ってもらわなきゃダメだね。縄張りが薄れてるよ」

「縄張りが薄れる？」

父ちゃんが首を傾げる。

「昔っからね、狼のおしっこは害獣よけになる、って農家の間じゃ珍重《ちんちょう》されてるんだよ。それと同じで、強い狼の獣人は、魔獣よけの縄張りを作れるんだ。まぁ、マーキングでね。それもあって、うちはこの『無限の荒野』にも畑を作れてる。人間の領域にゃあ地主がいるが、魔物の領域に地主はいないからねぇ」

「魔物の領域にだって、主はいるじゃろうに」

「黙認してくれてるよ。人間になにほどのものが出来るのか、って観察してるんだろうね。まぁ、父ちゃんのマーキングを越えてくるような奴ぁ、あたしが相手になってやるよぉ」

ニンマリ笑うテリテおばさんは、とても頼もしい。

「魔物の領域は、魔素が濃いせいか、野菜がおっきく育つんだよ。しかも、回復の柿の、芽だって出た」

「回復の柿って、魔獣がたまにドロップする、あれかい⁉　回復の柿が人の手で育てられるなんて、聞いたことがないよっ？」

回復の柿というのは、魔獣が持っている体力を回復させる果物だ。

どういうわけか、魔物が食べているところはあまり見たことがないけれど、人間が食べると、最大体力の30パーセントほどを回復してくれる。人間が作る回復アイテムは、体力10回復といった数値回復で、パーセンテージではないので、体力の多い高位冒険者ほど回復の柿を重視する方向にある。

けれど、回復の柿の一番のデメリットは、傷《いた》みが速く、人間が手にすると急速に劣化し出し、魔物の領域から持ち出そうものなら、とたんに食べられなくなってしまうということだ。手に入れた瞬間に食べるのが最良と言われる。

しかも、実際に植物に生《な》っているところは発見されていない。

魔獣がどうやって柿を入手し、また、傷ませずに保存していられるのかは、冒険者七不思議のひとつに数えられている。

「柿にだって、種があるさね。魔物の領域にまいたら、どうだろうと思ってね」

ルル婆が続けて質問しようと口を開きかけた瞬間。

遠くのほうから、土煙が近づいてきた。

それも、『無限の荒野』方面から。

「ノーアーーーちゃぁぁあああああああんんんっっっっ！！！」

それを見て、テリテおばさんがはぁっとため息をつき、肩のイノシシをドシンと降ろした。

## 22　お隣のシャリテ姉ちゃん

「のぉぉぉあちゃゃゃゃゃゃぁぁんんん」

土煙もすさまじく走り寄って来たのは。

くるくるとした栗色の巻き毛。頭の周りをくるっと編み込んだ髪型は、神話に出てくる女神のようだ。象牙《ぞうげ》色の肌。さくらんぼ色の唇。くりっとした二重まぶたの瞳。かわいいこげ茶色の耳とちんまりしたしっぽ。

テリテおばさんよりさらに大きい、ムキムキ筋肉質の熊の獣人、お隣のシャリテ姉ちゃんだった。

「また！　また！　ずーっと我慢して狙ってたのに、逃げられちゃったのよぉ。ノアちゃぁぁぁんっ」

涙と鼻水を垂らしながら、がばっとシャリテ姉ちゃんが抱きついてくる。

みしみしっとオイラの骨のきしむ音がした。

「ね、姉ちゃん。ぎぶ……ギブ」

「だあってぇ、だってぇ、ノアちゃぁぁん」

抱きしめて頬ずりされる……のはいいんだけど。骨が……息が……

「シャリテちゃんか。大きくなったなぁ」

父ちゃんが、おじさんお久しぶりです！　でもっ、気にしてるんだから、言わないでくださいよぉっ」

「やだっ、おじさんお久しぶりです！　でもっ、気にしてるんだから、言わないでくださいよぉっ」

オイラを片手に抱っこしたままシャリテ姉ちゃんが身もだえる。べしんっと背中を叩かれた父ちゃんは軽く近くの畑へ吹っ飛んだ。

頭から埋もれたけど、掘り起こさなくて大丈夫かな？

「シャリテ、って、今、若手冒険者で話題の『剛腕《ごうわん》のシャリテ』かい？」

「やだ、その二つ名かわいくないからやめてほしいんですよね……でもっ、このおばあちゃまたち超かわいい！　もふもふ！　浮いてる！」

シャリテ姉ちゃんに圧倒された婆ちゃんたちは、『おばあちゃま』とか呼ばれたのに、青筋を立てるのも忘れている。

「こら、シャリテ！　こちらは、大賢者のルル様と、大盗賊のララ様だよ！」

「うわ、ホントにっ？　失礼しました、アタシったら、失敗しっぱなしで妙なテンションで。でも、いいなぁ、リスの獣人。アタシも熊なんかに生まれたくなかった」

「あたしの娘なんだから、リスに生まれようったって無理だよ」

「でもっ。こんなに大きくて、ムキムキで。お母ちゃんに、『畑の見回り手伝え』とか言われて、気付いたらレベル２００よ？　冒険者登録してビックリしたわ。ぽっと出のアタシが、若手冒険者で最強だって」

「熊の獣人は筋肉が付きやすいんだよ」

「せめて狼ならーー。お父ちゃんかっこいいし」

「何言ってんだい。あんたの言うムキムキ熊の獣人女だって、父ちゃんみたいなかっこいいのを捕まえられたじゃないか」

「それはお母ちゃんだからーー」

母と娘の会話を、婆ちゃんたちが目を丸くして見つめている。

そうこうしている間に、父ちゃんは自力で畑から這《は》い出してきた。

「ツッコミどころが多しゅぎるけど、畑の見回りでレベル２００って」

「でもまぁ、上位魔獣が害獣扱いの畑じゃからねぇ」

ところで、うちの父ちゃんは犬の獣人。

うちの母ちゃんは鹿の獣人。

お隣のテリテおばさんの旦那さんは狼の獣人。

テリテおばさんは熊の獣人。

異なった種族の獣人同士でも、当たり前のように結婚出来る。ただし、生まれる子どもがどちらの種族になるかは、完全に運だ。

ジェルおじさんらへんからすると、母ちゃんの唯一の子どものオイラが犬の獣人なのは、物凄いガッカリポイントだったはずだ。それでもジェルおじさんは、オイラに向かってただの一言でも、『オムラ姉に似れば良かったのに』とは言わなかった。

オイラはそんなジェルおじさんが大好きだ。

「ここらの農家のレベルは、ひょっとして王国最強レベルなんじゃないのかい？」

「みんながみんな、農閑期《のうかんき》の出稼ぎで、冒険者やってたりなんかしてね……」

どこか遠いところを見て婆ちゃんたちがしゃべっている。

うーん、多分、ここらの農家の中でも、テリテおばさんが最強だと思うけど。すぐ裏が『無限の荒野』なんだもの、多少はレベルが上がりやすいのかもしれない。いわば、『無限の荒野』からの魔獣防衛最前線だ。

「そうだ、ノアちゃん。またアレをお願いね。いつものやつ。この間の、折っちゃったのよ、ごめんね」

「いつもの？」

父ちゃんの眉間にしわが寄る。

「ノア、お前、あの未熟な武具を人様に売ったのか？」

「え、えええええっっと……」

目が泳ぎまくるオイラを、ギュッと抱きしめて、シャリテ姉ちゃんがその厚い胸板で父ちゃんかばってくれる。

ちなみにシャリテ姉ちゃんは、胸も大きい。服の趣味も見た目も女性らしい。ただ、大きくてムキムキなだけで。

「違うの、おじさん。アタシの求めるモノは、どんな鍛冶屋さんでも打ってもらえなくて。鍛冶ギルドにも依頼を出したんだけど、ちっとも手に入らなくて。それで、ノアちゃんに相談したの。そしたら、鍛冶の練習で色々なものを打つから、姉ちゃんの言うようなのも打ってみるよ、って言ってくれて！　アタシの欲しいモノは、もう、ノアちゃんしか打てないんです！」

「ノアにそんな、いっぱしの鍛冶屋が打てないような武具がこしらえられるとは思えんが……？」

首を傾げる父ちゃんに、シャリテ姉ちゃんが力説する。

「攻撃補整が限りなく弱くて！　速さ補整も限りなく遅い釣《つ》り竿《ざお》なんです！」

「は？」

「釣り竿？」

父ちゃんも婆ちゃんたちも、耳を疑ったようだ。

オイラだって、初めて聞いた時には二度聞きした。

「釣り竿ってのは、鍛冶士の打つもんなのかい……？」

「普通の釣り竿は、竹や木だって聞いたことあるよ？」

「ってかそもそも、普通の鍛冶士は、攻撃補整が出来るだけ強く、速さ補整が出来うる限り早い武器を目指すもんだが……？」

ルル婆とララ婆、父ちゃんがそろって首を傾げる。

「だって、アタシ、昔っから、『静寂《せいじゃく》の湖』の主を釣るのが夢で。子どもの頃から、そこらの川や沼で釣りばっかしてたんです。けど普通の釣り竿じゃあ、雑魚を釣っただけで折れちゃうんですよ」

口をとがらせて頬をふくらます仕草もチャーミングだ。これで、あとひと回り小さかったら、恋人も出来るんだろうに。……でも見た目の前に、釣り馬鹿をどうにかしたほうがいいかもしれない。

「『静寂の湖』って、『鳥の大湿原』にある、あれかい？　立派な『魔物の領域』だよ⁉」

「『静寂の湖』の主といったら……魚竜《ぎょりゅう》⁉」

記憶を辿っていたらしいルル婆が目をむいた。

オイラも、シャリテ姉ちゃんに聞くまでは知らなかったけれど、魚竜というのは、イルカみたいな姿に進化したトカゲの仲間なんだそうだ。

「魚竜の中でも最大の、テムノドンがいるんですよっ！」

拳を握りしめ、目をうるませてシャリテ姉ちゃんが力説する。

うっとりとうるんだ瞳は、恋する乙女《おとめ》のそれだけれど、相手は魚だ。

「なんですけどー。十メートルを超える巨体に似合わず臆病《おくびょう》で。攻撃力の高い武器を持っているだけで少しも顔を出さないし。普通の釣り竿じゃあ、ちょっとエサを引っ張られただけで折れちゃうし。試行錯誤した結果辿り着いたのが、攻撃補整が限りなく弱くて、速さ補整が限りなく遅くて、出来るだけ丈夫な釣り竿だったんです。だからノアちゃんに頼んで、金属で作ってもらって」

「遅い方がいい、ってのは？」

「速く動くと、それだけで逃げちゃうんです」

魚竜ってのは気配に敏感《びんかん》らしく、自分が確実にエサに出来る、と判断した生き物相手にしか姿を見せないんだそうだ。

けれど、シャリテ姉ちゃんはレベル２００以上。しかもバリバリの戦闘職。大抵の魔獣は裸足《はだし》で逃げ出すステータスだ。

「しょうか。これがさっきノアしゃんが言ってた、『必要に迫られて』『探した』、攻撃補整がマイナスの素材の使い道、ってことかい」

ララ婆がポン、と手を打ってそう言ったとたん。

シャリテ姉ちゃんが、さっきまでかばってくれていたオイラの肩をガシッと掴む。目が尋常《じんじょう》じゃないくらいキラキラしている。

「ホントっ⁉　ノアちゃん、攻撃補整がマイナスの武器が出来たの⁉」

「う、うん。次に姉ちゃんに会えたら渡そうと思って、オイラの倉庫に……」

「ホントにっ!?　うわぁ、ありがとう、ノアちゃん！　これで、これで、やっとまともにテムノドンの相手が出来るっ」

魚竜は、相手が攻撃補整の高い武器を持っているだけでも隠れてしまう。

つまりは、『魔物の領域』の中で、今のシャリテ姉ちゃんは釣り竿だけ持った丸腰で釣りをしているわけで。

『鳥の湿原』にももちろん魔獣はいるし、魚竜だって、弱い飛竜とかならエサにするレベル。釣り餌にはプテラノドンを使うと言っていたくらい。『無限の荒野』にいる魔獣を素手で殴り殺せる姉ちゃんだからこそ出来る荒業《あらわざ》だ。

「でも……」

オイラはチラッと父ちゃんを見る。

「昨日、初めて父ちゃんに鍛冶を見てもらったんだけど。オイラのやり方、てんでダメだったみたいで。シャリテ姉ちゃんに渡していいのかどうか……」

「そんな！　ノアちゃん！　ノアちゃんに打ってもらった釣り竿で、もうちょっとのとこまでいけたのに！　ね、おじさん……？」

父ちゃんはそれまで、眉間にしわを寄せて腕を組んでいたけれど、おもむろにそれをほどいて腰に当てると、にぱっとほほ笑んだ。

「そうだな。こんだけ喜んでもらってるんだ、鍛冶屋冥利《みょうり》に尽きるってもんだ。それに、ノアは、シャリテちゃんのために、シャリテちゃんが必要なものを、一生懸命試行錯誤《いっしょうけんめいしこうさくご》したんだろ？　それこそが、鍛造鍛冶の心意気ってもんだ」

父ちゃんがオイラの頭をガシガシと撫でる。

父ちゃんに撫でてもらったのなんて、母ちゃんが死んで以来、なかったかもしれない。

「ただ、な。こいつもさっき言ったが、ノアの鍛冶のやり方は、自己流もいいとこだ。ちゃんと鍛えれば、まだまだ良くなる余地がある。まあ、スキルと腕力はいっちょ前以上にあるんだ。半年もありゃあ、ちったあマシなもんが打てるようになるだろ。そしたらまた改めて、シャリテちゃんに釣り竿を打たせてやってくれ」

深々と頭を下げた父ちゃんに、シャリテ姉ちゃんがあわあわと手を胸の前で振る。

「やめてくださいよ、おじさん。アタシがノアちゃんに、ワガママきいてもらってるんですから！　今までは、試作だからいいよ、ってお金も受け取ってもらえなかったけど。ノアちゃんが、おじさんに認められるような武器を打てるようになったら、今度こそ！　ちゃんとお金を払って、ちゃんとお客さんになりますね！」

それを聞いて照れたように笑う父ちゃんの顔は、オイラ以上に嬉しそうだった。

そこに……

「ねーーーちゃーーーーん」

恨めしげな声と、何か重たげなものを引きずる音が聞こえてきた。

## 23　お隣のマリル兄ちゃん

「あら、マリル。今ごろ着いたの？」

恨めしげな声と一緒に『無限の荒野』方面から現れたのは、狼の獣人だった。

藍色《あいいろ》がかった灰髪《アッシュブロンド》に、筋肉質な体。けれど、シャリテ姉ちゃんより頭ひとつ小さい。テリテおばさんの息子、マリル兄ちゃんだ。

「今ごろじゃねぇよ、姉ちゃん。『ノアちゃんのにおいだ！』とか言うなり、獲物ほっぽって走り出しやがって。って、ホントにノアいたよ。鼻どんだけ利くんだよ～」

マリル兄ちゃんは、両手に二匹の巨大なイノシシを引きずり、肩に大きなトカゲを背負っていた。どれも頭が砕けており、おそらくシャリテ姉ちゃんが仕留めたんだろう。あのくらいの魔獣なら、シャリテ姉ちゃんやテリテおばさんなら素手でもいける。

ちなみに、犬の獣人は鼻が良い、と一般に言われるけれど、実は、熊の獣人のほうが遥かに鼻がいい。先ほども、オイラも父ちゃんも気付かなかったエルダーボア（巨大老イノシシ）のにおいに、テリテおばさんが真っ先に気付いていたし。血のにおいとかなら30キロメートル先でもわかる、と前にシャリテ姉ちゃんが言っていた。

「あ、マリル。久しぶり」

「って、ノア！　なんで姉ちゃんは『シャリテ姉ちゃん』なのに、俺は『マリル』なんだよ？　つい この間まで、『マリル兄ちゃん』って呼んでただろ？」

「だって、マリル兄ちゃんってあんまり兄ちゃんって感じしないし？」

「分かる～。でもノアちゃん、またマリル兄ちゃんに戻ってるわよ？」

「あれ、つい」

「こら、姉ちゃん！　同意しないっ」

キャンキャン吠《ほ》えるマリル兄ちゃんは、狼というより子犬のようだ。歳はオイラより四つ上だけれど、あまり年上感がない。

「母ちゃんに『ベーコン作り置きするから、イノシシ狩っといで』とか言われて、姉ちゃんと裏の荒野に行ってたんだけどよ。俺は荷物持ちばっかりだもんなー。姉ちゃんのほうが馬鹿力なのに。って、母ちゃんのほうがデカいイノシシ狩ってるじゃねーか！　しかも何コレ？　丸焼き？このまま食えんの？」

自分の運んできた獲物を降ろすと、マリル兄ちゃんは、テリテおばさんの仕留めたエルダーボアをくんくん嗅ぎ出した。

とたんに、そのお腹がぐーーっと鳴った。

「ああ、ちょうど良かった、マリル。これ。母屋の裏まで運んで捌《さば》いといておくれ。ちゃんと血抜きするんだよ？　早くしないと味が落ちちまうよ。血は別で使うから、ちゃんと取っといてね」

血のソーセージというものがある。テリテおばさんの好物だ。

「って、えぇぇぇええ!?　これ、俺が運ぶの!?　姉ちゃんは？　母ちゃんは？」

「アタシはこれから、ノアちゃんの打ってくれた釣り竿を取りに行かなきゃだし？」

「あたしはこれから、父ちゃん呼んで、マーキングをし直してもらわなきゃね。そのイノシシ、畑の中まで入り込んでたんだよ。それとも何かい？　マリル、アンタがマーキング……するにゃ、ちーーーーっと、早すぎるかね」

ニヤニヤ笑いながら横目で見られたマリル兄ちゃんは、ぷーーっとふくれた。

「……分かったよ」

狼の獣人のマーキングは魔獣を退ける……とは言っても、魔獣がその獣人のにおいを嗅いで、怖がるほどの強さの持ち主でなくてはならない。まして、この辺の魔獣は雑魚ではないらしい。マーキングが薄くなったり、弱い狼のマーキングだったりすると、強い魔獣から侵入して来てしまう。

マリル兄ちゃんじゃあ、まだまだ力不足らしい。

「ところで、母ちゃん。ノマドおじさんは分かるとして、こっちの二人は？」

マリル兄ちゃんが、丸焦げのエルダーボアを担ごうとして……持ち上がらず、ぷるぷるしている。

このままだと、ここで解体して運ぶことになりそうだ。

「ああ、大賢者のルル様と、大盗賊のララ様だよ。オムラさんのパーティメンバーだったんだそうだ」

「大賢者!?　大盗賊!?」

マリル兄ちゃんがイノシシをほっぽり出して婆ちゃんたちに詰め寄る。

「なんで早く紹介してくれないんだよっ⁉　俺、テリテの息子のマリルって言います！　いや、俺、昔から『不死殺しの英雄譚』の木偶人形芝居《でくにんぎょうしばい》が大好きで！　特にルル様ララ様が……すごい格好良くてかわいくて！　いつか冒険者になれたら会えるかも……なんて思ってたら、こんなとこで！　本物に会えるなんてっ」

ファンなんですぅぅぅ、と涙ながらに訴えながら、婆ちゃんたちの手を握ってブンブン振っている。

婆ちゃんたちは、なんだかとても気まずそうだ。

「婆ちゃんたち？」

「いや、これは……あの、ね」

「なんていうか……」

「婆ちゃんなんて失礼な！　こんなにかわいくてキレイな方たちに！」

マリル兄ちゃんの目には、きっとフィルターがかかっている。

「ノアは知らないか？　ジェルたち前代勇者の英雄譚は、人形芝居や劇、絵本なんかになって、国中で読まれてるぞ？　オムラが、自分も出てるからって恥ずかしがってな。うちにも版元からもらった本だなんだがあったが……片っ端から、ノアの目に触れないように隠してたな。懐かしい」

父ちゃんが遠くを見るようにして懐かしんでいる。

「へぇ、そうなの⁉　ぜんぜん知らなかった」

「嫌だよ。確かに、時系列や倒した大物なんぞは合ってるが、身に覚えのないエピソード満載でね。

美化されまくりで。人形芝居の台本だぁなんだに目は通したが、とてもじゃないけど見に行けやしなかったよ」

婆ちゃんたちは恥ずかしさに身もだえている。

頬を染めた婆ちゃんたちもかわいいよ？

「って、ノアの母ちゃん？　オムラさん……て、まさかの、氷の美貌《びぼう》・聖騎士オムラ!?」

「うわぁ……」

「な？　引くじゃろ？」

「身内からすると、きついね……」

オイラの記憶にある母ちゃんは、とてもじゃないけど『氷の美貌』なんてもんじゃなかった。肝《きも》っ玉《たま》母ちゃんに近い。

マリル兄ちゃんだって、うちの母ちゃんを見たことがあると思うんだけどなぁ。

「そもそも、わしゃらがジェル坊のパーティメンバーになったときにゃ、わしゃもルルも六十近かった。それをこともあろうに、かわいいじゃのカッコイイじゃの」

「婆ちゃんたちは、今でもカッコイイし、かわいいよ？」

「しょう言ってくれるのは、ノアしゃんくらいじゃの」

「大抵の知己《ちき》にゃ、恐れられてるからね、ルルは」

「ララもじゃろ」

「ああっ！　ルル様ララ様とノアが、親しげにっ！　ノアっ、俺もまぜろっ」

身もだえつつ割って入ろうとしたマリル兄ちゃんの脳天《のうてん》に、テリテおばさんの巨大なげんこつが落ちた。

「いい加減にしなっ、この馬鹿息子がっ！　ルル様ララ様が迷惑されてんのが分かんないのかいっ」

聞きほれるような啖呵《たんか》だったけれど、頭から煙を上らせて沈み込んだマリル兄ちゃんには、きっと聞こえていない。

知ってる。あれ、めちゃくちゃ痛い。

「いつまでも寝てないで、とっとと運んじまいなっ！　夕飯までに終わらなかったら、メシ抜きだよっ」

ケツを叩くようにして追い立てられたマリル兄ちゃんが、慌てて最初に持っていたイノシシ二頭とトカゲ一匹を背負い直して、結構なスピードで母屋の方角へと走り去った。

火事場の馬鹿力というか。最初からあの力を出していれば、テリテおばさんに怒られることもなかっただろうに。

ヘタレで、ふにょふにょで。マリル兄ちゃんは、普段の父ちゃんに、ちょっと似てる。父ちゃんにとっての鍛冶場みたいなとこが、早く兄ちゃんにも見つかるといいのに。

そんなことを思いながら、父ちゃんとオイラは、旅立つ婆ちゃんたちを見送りに、駅馬車の待合所へと向かった。

## 24　女王竜の依頼①

「おお、ちょうど良かった」

駅馬車の待合所へと向かう途中。

オイラと父ちゃんは、なんだか派手な赤い集団に呼び止められた。

「って、エスティ⁉」

やけに目立つ集団だと思ったら。

それは、人型になった火竜女王エスティローダ、火竜執事セバスチャンさん、女王側近のラムダさんに、その弟のリムダさんの一団だった。

「か、火竜女王がっ、なんだってここにっ⁉」

「王都を滅ぼしにでも来たってのかいっ⁉」

腰を抜かさんばかりに驚いた婆ちゃんたちに、エスティは軽く笑う。

「何をバカなことを。ノアが住む街を、我が灰にするはずがないではないか。我はただ、遊びに来ただけじゃ。ノアがここ数日、『竜の棲む山脈』まで来ておるようなのに、我のところに顔を出さぬでのぉ。我のほうから、遊びに来てやったのじゃ」

「あちゃー。エスティに気を遣ったつもりが、かえって機嫌を損ねちゃったたか」

「……どういうことじゃ？」

オイラは、今までのいきさつをかいつまんでエスティに説明した。

「なるほど。『父ちゃん』が立ち直るよう、レベルアップを図っておったが、我のところへ来るのははばかられたと」

「うん。ごめんね。なんの説明もしてなくて」

「うむ、まぁ、ノアが謝ってくれるのならば、それで良い」

エスティが鷹揚《おうよう》に頷いたとき、ルル婆が横槍を入れた。

「用が済んだなら、とっとと帰ってくれないでしゅかね。アンタがたみたいな大物魔獣が王都にいるってだけで、こっちは肝が冷える思いなんじゃ」

「なんと、我を魔獣と呼ぶとは無礼な。我は神獣《しんじゅう》。この世に五体しかおらぬ、魔獣より霊獣《れいじゅう》より格の高い生き物じゃぞ？」

「へぇ！　すごいんだね、エスティ！」

「うむ、うむ。もっと讃《たた》えるが良いぞ、ノア」

オイラとエスティはほのぼのと会話をしていたけれど、婆ちゃんたちはエスティのもたらした情報が想定外だったようで、愕然としていた。

「どうしたの？　婆ちゃんたち？」

「……神獣？　火竜女王が、神獣じゃと？　ってことは、残りの四神獣は、風竜、水竜、土竜、木竜？」

「まぁ、土竜だけはちと毛色が違うがな。それがどうした？」

「今まで、この世に五体の神獣がいるのは分かってたんじゃ。古くからの文献にも伝わってたしの。けど、その神獣が何を指すのかは、長年学会の論争の的だったんじゃが……結論は出てなかったんじゃ。これは……魔法界に革新が起こるかもしれないよっ⁉」

専門外もいいとこなので、オイラにはイマイチ感動が伝わってこない。

「ところで、エスティ。神獣なら、王国法の『テイマー免許所持者の使役獣以外の魔獣の侵入を禁ずる』だっけ？　に引っかからない？　大丈夫？」

一瞬、エスティの顔がギクッとしたように引きつった。

「も、もちろん大丈夫だとも。何しろ、我は神獣ゆえになっ。ははは……」

「神獣の扱いはあたしゃにも分からないけど、女王竜の連れてるお供、火竜三頭は魔獣の扱いなんじゃないのかい？」

「た、確かに……どうしましょう？」

ラムダさんに比べて気の弱いリムダさんが、オロオロし始める。

「それに、わしゃだって火竜女王を最強クラスの魔獣だと思ってたんじゃ。王国の魔獣感知用魔道具に、引っかかってないとも限らないね」

「魔獣感知用魔道具？　そんなのがあるの？」

「王都規模で、魔獣の侵入を防ぐ結界を張るのは無理があるからね。せめて、高位の魔獣が王都に侵入したら感知出来るような仕組みを、大量の魔道具を導入して作ってたような気がしゅるよ。十年くらい前に、ジェル坊が」

「……余計なことを」

ちっ、と舌打ちをするエスティに、オイラはふと、ここが往来まっ只中だということに気付いた。道行く人の視線が痛い。立ち話をするには、あまりに目立つメンツだ。

とりあえず連れだって、一旦うちに戻ることにする。そもそもエスティたちは、うちにオイラたちを訪ねたものの、留守だったので近所を探していたらしい。

ご近所さんに迷惑かけてなきゃいいけど。

うちに帰ると火鉢の上に鉄瓶を載せてお湯を沸かしつつ、オイラは以前思いついた抜け道を提案してみた。

「ねえ、前に思ったんだけど、エスティたちが王都に入っても怒られない方法があるよ。オイラとテイマー契約すればいいんだって。黒モフのために、オイラもテイマー免許取ったからさ。レベル5だから、黒モフの他に四体分の余裕があるし」

「「「！！！？？？」」」

お気楽なオイラの発言に、ルル婆ララ婆、ラムダさんが目をむく。

父ちゃんは……あんまり興味がないようだ。オイラの淹れた玄米茶を熱そうにすすっている。

「なっ……いくらノアさんとはいえ、陛下に対して！　無礼にも程があるでしょう⁉」

ゆらりっ、と炎のオーラまで出して食って掛かるラムダさんに対して、セバスチャンさんは楽しそうに笑った。

「ほう。それはそれは。いかがなさいましょう、お嬢さま？」

「面白いではないか。のぉ、セバス。人が、我を使役しようと言うか」

エスティは獰猛《どうもう》な笑みを浮かべた。

「大丈夫だよ。エスティなら、オイラとのテイマー契約くらい、必要なくなったら余裕で破棄《はき》出来るでしょ？　ってかテイマー契約って、レベルが上の魔獣とする場合は、人間からじゃなくて魔獣からの申請みたいだし。王都の城壁をまたぐ瞬間に、エスティから一方的にオイラとテイマー契約して、出ていく瞬間に破棄すれば、いつだって王都に出入りし放題じゃない？」

いいことを思いついた、と自信満々で提案をするオイラに、今度こそエスティは爆笑した。

「なるほど。そうすれば、確かに我はフリーパスで人の国に出入り出来るのぉ。しかも魔物の領域におる間は自由の身か。大賢者、テイマー契約した魔物は、感知の魔道具とやらにひっかからぬのか？」

「へ？　あ、ああ、た、確か」

「それならば、なんの問題もないの。しかし、良いのか、ノア？　そんな裏技を我に教えて？　これで我は、おぬしを利用しさえすれば、王都の中心部にまでとて人に気付かれず侵入することが出来る。王城とて余裕で攻撃出来る」

からかうようなエスティの言葉に、婆ちゃんたちと、なぜかリムダさんが青ざめる。

「しかもそれをするには、せっかくのテイマー枠を我のために常に幾つか空けておかねばならぬ。我の好きに破棄して良いということは、契約で縛り、我を使役するつもりもないのであろう？　それほどのリスクを背負って、おぬしのメリットはなんだ？」

エスティが両手のひらで、包み込むようにオイラの頬を撫でる。

その瞳の中では、赤い炎が揺らめいていた。

「え？　エスティなら、わざわざ王城近くになんて行かなくても、その気になれば『竜の棲む山脈』からだって、王都全域破壊出来るでしょ？　オイラのメリットは、オイラから会いに行けないときでも、エスティが遊びに来られる。それで充分だと思うけど。どのみち、エスティのおかげで手に入れられたスキルポイントだしね」

オイラの言葉に、エスティは軽く目を見開いた。

それから抑え切れないかのように噴き出した。

「くっ。くはははははは。分かったノア、おぬしの使役獣となってやろうではないか。皆も、良いな？」

「はい、お嬢さま」

「えっ、ええっ!?　おじいさまっ？」

「……」

セバスチャンさんは動じず、ラムダさんは動揺しまくり、リムダさんは倒れそうな顔色になっている。

「では……ノア」

エスティが目を細めた瞬間。

オイラの中に、熱い何かが流れ込んできた。

黒モフとテイマー契約したときは、あまりに自然すぎて、ほとんど何も感じなかったのに。

『レベル上位魔獣からテイマー申請がありました。承諾しますか？　ＹＥＳ／ＮＯ』

オイラの脳裏に、スキルボードのような文字が浮かび上がる。

ひょっとしたら、黒モフと契約したとき、黒モフの脳裏にも、この言葉が浮かんだのかもしれない。

オイラは、もちろん『ＹＥＳ』を選択する。

「くっ……あ？」

「ノア？」

瞬間。

流れ込んできた何かが破裂《はれつ》したようなめまいを覚え、一瞬意識が飛んでいたようだ。

よろめいたオイラを、父ちゃんが抱き留めてくれていた。

「あ、ありがと。大丈夫」

「ほう。本当に、我を受け入れたか」

感心したようなエスティの後ろで、いつの間にかグルグル眼鏡を装着したルル婆が、顎が外れそうなほどに驚いていた。

「な、なななななな」

「どうしたっていうんだい、ルル？」

「テ、テイマースキルが……無理やり、100まで底上げされちまった……」

「「はい？」」

オイラとララ婆の声がハモった。

「だからっ！　レベル5だったノアしゃんのテイマースキルが、火竜女王によって無理やりレベル100まで引き上げられたんだよっ！」

## 25　女王竜の依頼②

「言葉に偽りはなかったようじゃな、ノア。これで、晴れて我はおぬしの使役獣となったぞ」

「へ？　どういうこと？」

「我は、魔獣ではなく神獣だと申したであろ？　人には知られておらぬことだが、魔獣を一頭使役するには、テイマースキルが1あれば良い。だが、霊獣を一頭使役するには、テイマースキルが10。神獣を一体使役するには、テイマースキルが100必要なのじゃ」

「……え？」

婆ちゃんたちを見やるも、婆ちゃんたちすら初耳だったようだ。びっくりした顔をしている。

まぁ、神獣の存在すら古代の文献に載っている程度なんだもの。神獣を使役うんぬん、なんて、考えたこともないのかもしれない。

「だが、人の身では、通常、テイマースキルの上限はレベル9。神獣どころか、霊獣を使役することもかなわぬ。ゆえに我ら神獣には、これと認めた相手に使える秘技《ひぎ》があるのじゃ。使役しようという者が神獣に『誠』を伝え、神獣がそれを受諾し、それが真実『誠』なら。神獣に相応《ふさわ》しいレベルまで、相手のほうを引き上げることが出来るのじゃ。ま、一種の試練じゃのぉ」

ドヤ顔で教えてくれたエスティに、ルル婆が恐る恐る声をかける。

「ちょっとお待ちくだしゃいな。もし、もしノアしゃんに偽りがあったたら、どうなってたんでしゅか？」

「弾け飛んでおっただろうな。体の内から」

「なっ……」

事もなげに言い切るエスティに、絶句するルル婆。

対照的に、オイラはのほほんと悩んでいた。

「ってことは、エスティ一人でテイマースキル１００使うってこと？　じゃあ、セバスチャンさんたち、どうしようか？　帰ってもらうのも悪いし」

「くっ、くはは。そなたらしいのぉ、ノア。大丈夫。セバスたち高位火竜は、神獣とまではいかぬが、霊獣枠じゃ。我と同じことが出来る」

「えっ？」

それから三回、同じことを繰り返し、オイラのテイマースキルは１３０になった。

「……なんだかなぁ」

「ノアしゃんのレベルが、恐ろしいことになってるね」

「ノアしゃんに追いつかれぬよう、精進しようと決心したばっかりなのにねぇ」

「あっという間に追い越されたね」

そこまで聞いたとき、オイラは首元で、黒モフが毛を逆立てて威嚇《いかく》していることに気付いた。

相手は……なんとエスティだ。

「黒モフ？」

「おっと、我がノアとテイマー契約をしたことで、黒モフを弾き飛ばしてしまったようじゃな。黒モフとのテイマー契約が切れておる」

「えっ」

黒モフが不機嫌になるのも無理はない。黒モフはちゃんとテイマー契約＝オイラと一緒にいられる契約、と理解している。

幸い、オイラのスキルポイントにはまだ2の余裕があった。慌てて、テイマースキルに1を振る。

「ごめんねー、黒モフ。また改めてよろしくね」

黒モフにテイマー契約申請を出すと、半《なか》ば食い気味で承諾してくれる。それでも不機嫌そうに、ぷいっと懐に引っ込んでしまった。

後で、黒モフの好きな蜂蜜《はちみつ》ミルクでも用意してやろう。

これで、オイラのテイマースキルは131になった。

「ふー、これで、ここに皆がいるのは、合法になったわけだよね。またジェルおじさんが飛んでくるんじゃないかってヒヤヒヤしちゃったよ」

「ジェルとは？」

「オイラの母ちゃんの弟で、王様やってるんだよ。だから、エスティ。王城にブレスとかしちゃ、ダメだからね？」

一応釘を刺すと、エスティは笑って承諾してくれた。

「攻撃もして来ぬ相手を無差別に蹂躙《じゅうりん》、などという野蛮な真似は好まぬ。向こうから攻撃でもしてきたら別だがな。これで晴れて、我も王都で『ウインドウショッピング』とやらを楽しめるわけじゃな」

「……買い物したくて、こんなとこまで来たの？」

「そうとも」

「なんだ、オイラに会いに来てくれたわけじゃなかったのか」

「それも間違いではない」

口をとがらすオイラに、エスティは後ろのセバスチャンさんを振り返った。

「セバス、あれを」

「はい、お嬢さま」

セバスチャンさんが、いつの間に用意したのか、さっきまでなかったはずの革のカバンをふたつ取り出した。

「実はな。我は、依頼に来たのじゃ。ノアが絶賛する、『神の鍛冶士』の腕前。しかとこの我に見せてくれるであろうな？」

セバスチャンさんが開いたふたつのカバンの中には。

ずっしりとしたまばゆい金塊と。

暗い色の、今まで見たこともない鉱石が入っていた。

## 26　女王竜の依頼③

「こっ、これは……」

父ちゃんが、鉱石を見て愕然とする。ゴトッ、と手にしていた湯呑が板の間に落ちた。

オイラは慌てて、『鉱石判別』を使って鉱石を『見る』。

『緋緋色金《ヒヒイロカネ》・軽く、硬い金属。熱伝導率が良く、太陽のように輝くが、触ると冷たい』

「ヒヒイロカネ？」

聞いたことのない名前に首を傾げると、婆ちゃんたちが目をむいた。

「まっ、ましゃか」

「しょんな」

それっきり何も言わなくなってしまった婆ちゃんたちはさて置いて、オイラはエスティを見つめる。

「さすがじゃのぉ、ノア。一目でヒヒイロカネと見極めるとは」

エスティのオイラへの過大評価が止まらない。

「『鉱石判別』スキルのおかげだよ。レベルMAXで、『全ての金属の判別が可能』だからね」

「ほお。鍛冶士にはそんなスキルがあるのかや。で、どうじゃ？　不満はなかろ？　依頼料に鉱石まで用意した。我の依頼、受けてくれような？」

ごくり、と父ちゃんが唾を呑み込んだ。

「ノア。ヒヒイロカネというのは、神代《かみよ》の金属だ。伝説どころじゃない、神話にしか登場しないはずの金属。まさかこの目で現物を拝めようとは……」

そこまで言って、父ちゃんは、女王陛下。身に余る光栄です。で、ご依頼の内容は、どのような？」

「お受けいたしましょう、女王陛下。身に余る光栄です。で、ご依頼の内容は、どのような？」

エスティの赤い唇の端が、ニィッと吊り上がった。

「我に相応しい武器を。火竜女王の名に恥じぬ武器を鍛えてみせよ」

「短剣、長剣、ランスにロッド、戦斧《せんぷ》まで、武器にも色々ありますが」

「我は、もう依頼を告げたぞ？　ヒヒイロカネを用いた、我に相応しい武器。条件はそれだけじゃ。他に必要なものがあれば、用意させよう。アダマンタイトでもオリハルコンでも、世界樹の枝とて用意させよう。武器が完成するまで、我らもここで鍛冶を見させてもらうゆえにな。遠慮のぅ、そのつど申せ」

父ちゃんの額に、じんわりと脂汗が浮かぶ。

エスティは言外にこう言っている。

『もし、それだけの好条件で我の満足のいくものを打てなかったら。八つ裂きなどでは飽き足らぬ。覚悟は出来ておるだろうな？』と。

それでも。

きっと命を捨ててでも、父ちゃんは打ちたいと思っている。

この、ヒヒイロカネという、二度とは目に出来ないだろう鉱石を。

「ヒヒイロカネは、生きている金属、と言われておる。不思議なものでな、ヒヒイロカネのほうが、鍛冶士の良し悪しを計るのよ。技量が足りぬ鍛冶士なら、形にすることすらかなわぬ。そして、剣の形になったとしても。その姿が気に入らぬと徐々に形を変え、ついには元の鉱石へと戻ってしまうのよ。気に入らねば気に入らぬほど、早く鉱石に戻る。この石は元々、我が母の持ち物じゃった。母の下にあった折には、美しいフランベルジュじゃったが、母が身まかり、我が受け継ぐと、次第に形を変え、二十年ほどで今の鉱石の姿になった。我の持ち物としてフランベルジュは相応しくない、ということなのじゃろう」

エスティの赤い舌が、ゆっくりと唇を舐《な》め上げる。

ほんの気まぐれで王国全土を焦土《しょうど》と化せる火竜女王が、酷薄な笑みを貼りつけて、父ちゃんをねめつける。

そもそもそれだけ危険な生き物が、なぜ討伐対象にもなっていないのか？

それは竜種というのが災害と同じ扱いだからだ。

火山の噴火や、台風、巨大地震に同じ。

竜の一頭二頭ならば、倒せるSランク冒険者もいるだろう。

けれど、竜種全体、そしてそれを率いる女王竜は、人の手では到底防ぐことも退けることも出来ない、自然災害と同じなのだ。

人間は、ただその猛威が過ぎ去るのを、頭を下げ、身を縮めて待ち続けるしかない。

「……分かっておるな？　我はそなたが気にくわぬ。ノアに散々苦労をかけておきながら、なんの労もなく、ノアの愛情を独り占めしておる。ただ、父親であるというだけで、だ。本来なら、先日会《お》うた折に、爪にかけてくれようかと思った。だが、我は女王。女王とは、寛容《かんよう》でなければならぬ。これは、我がそなたに与える猶予《ゆうよ》じゃ。鉱石がその姿を変えねば、そなたの命はそれまでじゃ。見事、武器を打ち上げたならば、その武器が鉱石に戻るまでの時間が、そなたに残された寿命《じゅみょう》というわけじゃ。ヒヒイロカネが鉱石に戻ったとき、我はそなたの息の根を止めるからのぉ。どうじゃ？　我はこれほどまでに慈悲深《じひぶか》いであろ？」

そもそも断らせる気なんてこれっぽっちもなかったようだ。

オイラは、一方的に父ちゃんを殺す、と言われて、怒るところなんだろうか？

でも。

父ちゃんの頬は紅潮《こうちょう》し、瞳はキラキラしている。

自分の命の危機なんて、これっぽっちも考えていない。

酒で濁った目をして、一日中くだを巻いていた三日前までの父ちゃんとは、別人のようだ。ヒヒイロカネという、この世でもっとも美しいだろう金属に出会えた奇跡に、心から感動し打ち震えている。

「ありがとう、エスティ」

オイラはエスティの手を取ると、心からの感謝を告げる。

「は？」

「そんな大事な鉱石を、父ちゃんに任せてくれて！　エスティの母ちゃんの形見なんだよね？　きっときっと、世界一の剣を打ち上げてみせるから！　オイラも精一杯手伝うよ！」

「我はてっきり、ノアには文句を言われるだろうと思っておったが」

「なんで⁉　今、オイラも父ちゃんも、すごいドキドキして、物凄く幸せなのに！　こんな凄い石に関われるなんて！」

父ちゃんがぽりぽり頭をかくと、割って入った。

「先に言われちまったか。そうとも。俺は今、ムチャクチャ喜びを噛みしめてます。ヒヒイロカネに挑んで殺されるなら、それこそ本望ってもんだ。ありがとうございます、女王陛下。これほどの石との出会いは、十回生まれ変わったって、あるかないかだ」

手を取り合って踊り出さんばかりのオイラたち親子を、エスティはおろか、婆ちゃんたちまで呆気に取られて見ている。

「まったく、似た者親子じゃ」

「オムラの血は、いったいどこへ行っちまったんだかね」

首を振りながら嘆く婆ちゃんたちだったけど、多分、母ちゃんが生きてたら、この踊りの輪に加わっていたと思う。だって母ちゃんは、父ちゃんのことも父ちゃんの打つ剣も、大好きだったんだから。

「力が及ばなければ殺されるというのに。不思議な人間だね、リムダ」

「そうですね、ラムダ兄さん。でも……あんなに、夢中になれるなんて」

呆れたようなラムダさんに、感心したようなリムダさん。

セバスチャンさんは、うちの火鉢で沸かしたお湯で、エスティに優雅にお茶を入れていた。どこからか、自前のカップとポットまで取り出している。火竜なんだから、自分でお湯なんか沸かせそうなもんだけれど、セバスチャンさんの火力でそれをやると、おそらくヤカンごと蒸発してしまうんだろう。

紅茶のいい香りがする。

オイラが出したお茶より、よほど美味しそうだ。

「ふむ……何を打つかの算段もあろう。実際に打ち始めるのは、明日からかや？」

エスティの言葉に、父ちゃんが踊りをやめた。

真剣な表情をして、エスティの前に座り、手をついた。

「何事ぞ？」

「早速ですが、陛下にお願いがございます」

「うむ」

「ヒヒイロカネを、この倍、ご用意して頂きたいのです」

「なんだと⁉」

エスティより先に青筋を立てたラムダさんが、父ちゃんの襟首を締《し》め上げた。

## 27　神の鍛冶士へ至る道

「散々ヒヒイロカネを有り難がっておきながら！　倍量の鉱石がなければ出来ぬと、依頼を蹴《け》るつもりかっ⁉　そこまでして生き残りたいかっ！　命根性が汚いにもほどがある！」

ラムダさんに吊り上げられ、苦し気にしながら、父ちゃんはうめいた。

「先ほどの話を聞く限り、ここにあるのはフランベルジュ一本分。しかし、俺が陛下に打ちたいものは、それじゃ到底足りないんだ」

「ラムダ。鍛冶士どのを降ろしてさし上げなさい」

「しかし、おじいさまっ」

「これは、お嬢さまと鍛冶士どのの駆け引き。誅罰《ちゅうばつ》が必要なら、お嬢さまがなさるでしょう」

セバスチャンさんに促されて、ラムダさんは渋々父ちゃんを地面に降ろした。

「懸念は無用じゃ。ヒヒイロカネは、生きている金属。己の好きなように嵩《かさ》も増す。母が持つ以前、このひと欠片の鉱石が、巨大な戦斧だったこともあると聞く」

優雅《ゆうが》に紅茶を飲みながら、エスティが静かにほほ笑む。

「お嬢さま、おかわりは」

「もらおうか」

ちなみに、セバスチャンさんはエスティ以外、誰の紅茶も淹れていない。他はオイラの淹れた玄米茶だ。

他の人間をガン無視して、ただ一人執事付きで紅茶を飲んでいても違和感がない。それこそが女王の格というやつなのだろうか。

「で、他に？　何か入り用なものはあるか？」

「では、恐れながら」

父ちゃんが、うやうやしくひざまずく。

「女王陛下の、牙を」

「なんだと貴様っ！」

再び牙をむいて飛び出しかけたラムダさんを、セバスチャンさんが羽交《はが》い締《じ》めにして止める。やはりそこには歴然とした力量の差があるのか、ラムダさんはピクリとも動けなくなった。

「我が牙？　なにゆえ？」

「『竜王の牙』は、またとない攻撃補整の鍛冶素材だと聞き及んでいます。それに何より、これは陛下のための武器。陛下の一部を使わせて頂きたく存じます」

「ほお。その肝の太さに免じて、つかわそう」

エスティがそのキレイに整えられた指先を赤い口唇の中に突っ込むと、ポキリ、と音がした。

「人型の牙じゃ。竜形態に比べると小さいが、その分、力が濃縮されておる。一回使う分には、充分であろう？」

言外に、今回の鍛冶以外で使ったら許さぬ、と言っているようだ。

オイラだって、まだ生え変わる寸前のウロコがやっとで、エスティの牙なんて採れたためしがない。おそらく、世界で唯一の、素材としての『竜王の牙』だ。

その牙を、エスティが父ちゃんの手のひらへ落とす。

ラムダさんが、顔色を青くしたり緑にしたりしながら見守っている。

「……確かに」

万感《ばんかん》を込めて、父ちゃんがエスティの牙を握りしめた。

エスティが、折れた牙を舌でなぞりつつ、楽しそうに言った。

「では、明日の朝に。また参ろうぞ」

優雅に三匹の火竜を従え、エスティは玄関を出て行った。

見送ろう、と慌てて後を追ったオイラの鼻先で、ぶんっ、と暴風が吹き荒れた。

「エスティっ！　いくら人型だって、こんなとこで飛んだら目立つだろーーーーっっ！」

オイラの怒鳴り声などものともせず、エスティの高笑いが『竜の棲む山脈』へと飛び去っていった。

「で、どうしゅるつもりなんじゃ、ノマド？」

あまりのエスティの迫力に呑まれて、黙りがちだったララ婆が口を開いた。

婆ちゃんたちは、エスティが苦手のようだ。エスティがいる間は、普段あんなにしゃべる婆ちゃんたちが、大人しいことこの上ない。

「金属のひとつはヒヒイロカネとして。火竜女王の武器じゃ、当然二種合金にしゅるんじゃろ？もう一種はマグマ石かの？　いや、強度を考えると、アダマンタイトか？」

「素材付与は、しゃっきの『竜王の牙』がひとつと……後は、『女王竜のウロコ』かの？」

口々に言う婆ちゃんたちに、父ちゃんは少し考え込んでいたようだったが、真剣な表情でオイラに向き直った。

「ノア。お前に伝えたいことがある」

「なに？　改まって？」

このノリだと、『実は本当の子どもではない』とかだろうか？

それとも埋蔵金《まいぞうきん》の在り処《あ　か》とか？

変な意味でオイラがドキドキしていると。

「『合成』の秘密だ」

「へっ!?」

想定外の言葉がきた。

「『合成』……って、あれだよね？　昨日、『スキルのゴリ押しだ』って怒られたやつ」

「そうだ。『二種合金』『二重付与』までしか出来ない俺が、なぜ、【伝説級】の武器を打つことが出来、『神の鍛冶士』なんて大層な名で呼ばれるようになったか、の答えでもある」

茶化《ちゃか》したオイラの問いに、父ちゃんはしごく真面目に答えた。

鍛冶に関して、父ちゃんに冗談は通じないんだった。

「確かにオイラは、『四種合金』までのスキルがあるけど、打てたのは【特異級】までだった。単純に、鍛冶のやり方が拙《つたな》いからだと思ってたけど。父ちゃんには……何か、特別な方法がある、っての？」

ごくり、と婆ちゃんたちまで唾《つば》を呑み込んだ。

口を挟《はさ》みたいのに、こらえてくれているようだ。

「お前の鍛冶が拙いのは間違いない。そうじゃなくて。コレには……腕と、スキルと、何よりセンスが必要なんだ。俺でも、毎回成功出来るわけじゃない。これから言うことが無茶なのは分かっている。だが、今回の鍛冶をしくじれば、俺は生きちゃあいられないだろう。だから、ノア。お前、今回の鍛冶を見て、経験して、この一回で、俺が辿り着いた『合成』の秘密を習得しろ。……分かるな？」

「……」

目を見開いて、オイラは固まった。

今まで、頭で分かっていても実感出来ていなかったのだ。

父ちゃんが、死ぬかもしれない？

父ちゃんは、分かっていた？

自分が、死ぬかもしれないって？

「もちろん、一回見ただけで完璧に再現しろ、なんて無茶は言わない。お前の一生を賭《と》して、再現出来ればそれでいい。ノア？」

オイラは唇を噛んだ。

痛い。

「分かったよ、父ちゃん」

にらみつけるように言ったオイラに、父ちゃんはほろ苦く笑った。

真剣に父ちゃんを殺そうとするエスティを止める実力は、オイラにはない。

何より、これは父ちゃんの依頼だ。オイラが口を挟める問題じゃない。

「で、『合金』の秘密って？」

「ノア。お前、テリテさんの鎌を打つとき、こう言ったな？『マグマ石は火属性、マグマ石と相性のいい隕鉄、耐久性を上げるアダマンタイト、数合わせのチタン』……なぜ、チタンを入れた？」

「そりゃ、もちろん、せっかく『四種合金』が出来るのに、マグマ石と隕鉄とアダマンタイトだけだったら、『三種合金』になっちゃうじゃないか」

「そう。そこだ」

「どこ？」

「せっかく二種類の金属を合金にするスキルがある。なら、なぜ一種類で打つ必要がある？　合金にしたほうがいい。普通はそう思う。だが、そう考えるのが落とし穴だ」

「どういうこと？」

婆ちゃんたちもさっぱり分からないのか、首をひねっている。

一種類だけの金属で打つなら、『合金』スキルのない一般の鍛冶士でも出来る。とてもじゃないけど、【伝説級】の武器が作れるとは思えない。

「『合金』スキルがあるのに、あえて一種類の金属で打つってこと？」

渋い顔をして尋ねるオイラに、父ちゃんは満足げに頷いた。

「そう。一種類の金属を、二倍量。つまり同じ金属同士を、『合金』スキルで合成する。それこそが、神へと至る道だ」

## 28　ヒヒイロカネ×竜王の牙①

「「はぁっ？」」

オイラと婆ちゃんたちの声がハモる。珍しい。

「一種類の金属を、合金!?　そんなことが出来るの!?」

そもそも、二種類以上の金属を混ぜ合わせることを合金と呼ぶ。一種類の金属を混ぜ合わせても、それは合金ではないはずだ。

「スキルを使って初めて出来ることだな。しかも、独特のコツというか、センスがいる。それも鍛冶のセンスじゃなく、スキルを使うセンスだ。俺がやってもうまく噛み合わず、単なる一種類の金属で打ったのと同じになることも多い。その点では、スキルを使いまくってるお前は適性があるかもしれんな」

半信半疑だったものが、徐々に体の中に染みわたってくる。

本当に？　あり得るのだろうか、そんなことが？

「このことを教えても、出来る鍛冶士はいなくてな。『二種合金』を使える他の鍛冶士に試してもらったこともあったが、どうにもうまくいかない。あげく、嘘つき、異端《いたん》扱いされて、俺は鍛冶ギルドでは肩身が狭い。まぁ、これが、なかなか鍛冶ギルドから製錬した希少金属を回してもらえない理由でもある」

なるほど。そういうことだったのか。

オリハルコンやアダマンタイトは希望者で頭割り、一人鍛冶の俺に回ってくる金属は雀の涙だ、と父ちゃんは言っていた。

けれど、【伝説級】の武器を打った実績のある父ちゃんが、他の駆け出しの鍛冶士と同じ扱いなのか？　鍛冶ギルドとは、そこまで四角四面の組織なのか？

そう引っかかっていた。

けれど、それはきっと、父ちゃんに希少金属を回したくないギルドの『建前』なのだ。無名のまだ若い父ちゃんが、他の高名な鍛冶士には真似出来なかった手法を用いて、【伝説級】の武器の鍛造を可能にした。それはきっと、鍛冶の世界のお偉いさんにとって、とても面白くないことだったに違いない。

この国の王様や大賢者、大盗賊が認める『神の鍛冶士』という二つ名が、あまりに知られていないのも、父ちゃんが鍛冶ギルドに認められていないからなのだろう。

ちなみに、父ちゃんの『神の鍛冶士』というのは、れっきとした『称号』だ。

かつて、難関と言われた大社《たいしゃ》（大きい神社）へ奉納《ほうのう》する神剣《しんけん》を打った時、大社の祭神《さいじん》から賜《たまわ》ったらしい。

そのときの条件というのが、

**〔攻撃補整〕 10000以上**
**〔速さ補整〕 5000以上**
**〔防御補整〕 0**
**〔耐久性〕 0（一撃のみ使用可能）**

というものだった。

高い攻撃補整を持ちながら、実戦に用いれば一撃で壊れる武器。

しかも、儀式や剣舞では壊れることのない武器。

かなりの無茶ぶりだ。

元々、神社やお寺に収める儀式用の剣や刀というのは、攻撃補整が限りなく低く、装飾性に偏ったものが多い。

けれど、この大社に代々伝わっていたのは、大社に害をなす者が現れたとき、一撃必殺で相手を屠れる、という『神剣』だった。

一撃必殺というのは伊達ではなく、長いこと大社に祭られていたこともあって聖性を持ち、かつて王都を襲ったアンデッド（超強力）に対して決定的な大打撃を与えたものの、わずか一撃で砕け散ってしまったのだ。

つまりは、壊したのは『不死殺しの英雄』、ジェルおじさんだ、ってゆー。

ジェルおじさんが壊しちゃった『神剣』の代わりを、父ちゃんが頼まれたわけで。

まあ、神社とかに専属の鍛冶士は、装飾性の高い剣を打つ技術に偏っていて、攻撃補整一万越えの武器なんて、とても打てなかったらしいからね。

父ちゃんの他にも、名のある鍛冶士が何人か挑戦したらしいけど、条件を満たせたのは父ちゃんだけだったそうだ。

そんな父ちゃんが一種類の金属でも合金出来ると言うなら、きっとそうなんだろう。

「分かった。父ちゃんになら出来る。そう信じられる。じゃあ、今回も、そうするつもりだってこと？」

「そう。それが、火竜女王に『倍量を用意してくれ』と言った理由だ。二種類の金属を合金にする場合と違って、一種類同士の金属を合金にすると、かなり嵩《かさ》が減るんだ」

「エスティは、ヒヒイロカネは自在に量を変える、って言ってたけど……」

「単品で扱うなら、打っている内に増えるかもしれんが、一種の特殊二重合金にするとなると、どうなるかは、やってみんと分からんな」

そこでララ婆が口を挟んだ。

「ところで、一種類の金属を合金にしゅる、ってのは分かった。でも、しょの、二重合金？　にしゅると、具体的には、普通の一種類の金属で打ったのと、どう変わるんだい？」

直接ララ婆には答えずに、父ちゃんはオイラに尋ねる。

「ノア。金属を合金にするメリットは？」

「そりゃ、前も言ったように、一種類の金属より耐久性が上がるよね。それと、各々の金属の特性を合わせ持つ武器が出来る。例えば、マグマ石の火属性、ミスリルの魔法との親和性、アダマンタイトの硬さ、みたいな。でも変な組み合わせだと、各々のいいとこを打ち消し合っちゃうときもある。あと……すごい稀《まれ》だけど、合金に使った各々の金属に全くないはずの特性を持ったりすることもある」

「ほお。よく分かってるじゃないか」

「母ちゃんの部屋にあった本で勉強したからね」

ほめられて、照れながら軽く鼻の下を指でこすると、父ちゃんが頭をポンポンしてくれた。

「合金の効果は、いわば、足し算だ。一種類の金属同士の合金は、掛け算だと思ってくれ。金属そのものの力が弱ければ大した違いは出ないが、金属の力が強ければ強いほど、合金なしの普通の鍛冶とは、かけ離れた攻撃力となる」

「攻撃力？」

「そうだ。一種の二重特殊合金は、攻撃力に特化した鍛冶手法だ。耐久性や速さは、鍛冶士の腕と金属の特性次第だな」

ニヤリ、と父ちゃんは笑う。

アダマンタイトとか硬度を誇る金属に頼れないぶん、鍛冶士の腕の良し悪しが如実《にょじつ》に現れるのだろう。仮にオイラが『特殊二重合金』というのを成功させられたとしても、攻撃力だけ凄くて、でも一撃で壊れる武器、とか出来そうだ。

「例えばアダマンタイトで一種の特殊二重合金をやると、防御力と耐久性は物凄く高いが、物凄〜く重い武器になる。その金属の特性を、物凄〜く引き出すってわけだ」

「なるほどねぇ。まぁ、ノマドにゃ、ノアしゃんの『合金還元』があるからね。何度でもやり直せるのが救いかね」

「いや。『合金還元』は使えない」

「えっ!?」

オイラもルル婆と同じことを考えていた。

無理やりにでも、『合金還元』を覚えていて良かった、と。

「父ちゃんのスキルじゃないけど、オイラも手伝うってエスティには言ってあるんだ。べつに、使ってもいいんじゃない？」

「いや、気持ちはありがたいが。今回は、一発勝負だ。理由は……」

父ちゃんは、握りしめていた手を開き、みんなの前に差し出した。

「『竜王の牙』だ。ノアの『合金還元』は、金属は元に戻るが素材は消滅してしまう。これは、人型の牙。どう多く見積もっても、二回分がやっとだ」

「……はぁ。もったいないよねぇ。女王竜の牙だよ？　竜形態の牙なら、剣が何本削り出せたか……わざわざ鍛冶の素材になんてしなくても、しょれだけで【伝説級】の武器の完成だよ」

父ちゃんの手のひらの牙を見つめて、ララ婆がため息をついた。

エスティがいる間、抱えていた竜の骨を必死に背後のもふもふしっぽに隠していたが、隠し切れていたのかどうかは分からない。多分、エスティは気付いていたけれど、さほど興味もなかったのだろう。

「剣を削り出した削りクズだって、『竜王の牙』としての立派な素材になっただろうにねぇ……」

普段は思い切りのいいララ婆が、エスティの牙を見つめてぶちぶち言っている。

「そんなこと言ったって、そもそもエスティの剣の素材にするため、って言ってもらったんだから。そんなに欲しいなら、竜形態のエスティのとこに言って、自力で獲ればいいんだよ」

「……」

ララ婆が何だかすっぱそうな顔をして沈黙した。その肩を、ルル婆が優しくさすっている。

「ってことは、父ちゃん？　一回なら、やり直せるんじゃないの？」

「いや。特殊合金のヒヒイロカネに、『竜王の牙』、『女王竜のウロコ』の付与では、まだ足りない。仮にも、『神』を名乗る相手に相応しい武器だ。最低でも、【神話級】を目指す」

「【神話級】⁉」

単純に凄いと思ったオイラと、婆ちゃんたちでは驚きの度合いが違ったようだ。

「何を言っているんじゃ、ノマド⁉　正気かっ⁉　人の世が始まって以来、【神話級】を作れた人間はいない。鍛冶の神が作った武器、それが世に伝わる【神話級】じゃ！　お前は人の身で、何と恐れ多いことを」

「神罰がくだるよっ」

わなわなと震え出した婆ちゃんたちは、なにも特別迷信深いというわけじゃない。

『神獣』が実際に存在する世の中だ。『神』も『信仰』も、結構身近に存在する。このデントコーン王国自体、初代国王に神が降嫁《こうか》して建国された、と伝えられている。

「落ち着いてくれ、ルル姐、ララ姐。ここにあるのは、神代の金属。さらに、神の牙だ。これだけのものを前に【神話級】が打てなかったら、それこそ命を取られたって仕方がない。そうは思わないか？」

涙ぐむ婆ちゃんたちに、父ちゃんは腹を据《す》えた男の顔で、にっこりとほほ笑んだ。

「ヒヒイロカネと、ヒヒイロカネの特殊二重合金。これに、『竜王の牙』と、『竜王の牙』の特殊二重付与。ここまですれば……おそらく。今まで誰も目にしたことのない、新たな【神話級】が生まれる」

# 29　ヒヒイロカネ×竜王の牙②

「『竜王の牙』と『竜王の牙』の、特殊二重付与⁉　いったいどういうこと⁉」

鍛冶をかじったオイラと、鍛冶に疎い婆ちゃんたちの反応が違う。

「特殊二重付与とは？」

「素材ってのは、素材ごとに、武器に効力を付与出来る決まった量、ってのがあるんだ。その倍の量を使ったからって、倍の効果が得られるわけじゃない。オイラなんかは、『最低限の見極め』ってのが、まだ難しいから、『まぁ、これだけあれば充分かな？』って量を使っちゃってるけど。だから、二回分の『竜王の牙』を一度に使うってことは、普通、一回分を無駄に捨てるのと同じなんだ。二重付与をしようと思ったら、二種類の素材。四重付与をしようと思ったら、四種類の素材を使うのが常識っていうか」

「しょれをノマドは、『特殊二重合金』とやらと同じ真似をしようとしている、ということじゃな？」

ルル婆の言葉で、オイラの背筋に雷が走る。

「そうか！　そうだよ、ルル婆！　一種類の金属の『特殊二重合金』が出来るんだ！　一種類の素材の『特殊二重付与』、重ね掛けだって出来るかもしれない！　父ちゃん、ホント？　ホントにそんなこと出来るの!?」

勢い込んで聞いたオイラに、父ちゃんがゆっくりと目線を逸らす。

「……父ちゃん？」

「えーーっと、な」

「……まさか、父ちゃん。やったことないの？」

「いや。やったことは、あるんだ。成功もしたぞ。……一回だけだが」

言葉とは裏腹に、目線は逸らされたままだ。

何か、ごまかしている。

「父ちゃん？」

「ノマド？」

「正直にお言いな」

「……。成功はしたんだ。特殊二重付与、だけなら。ただ、『一種の金属の特殊二重合金』と『素材の特殊二重付与』を同時に出来た試しは……ないんだ」

つまり、父ちゃんが出来たのは、普通の『二種合金』&『素材の特殊二重付与』まで、ということ？

「そんな!?　命がかかった鍛冶で、ぶっつけ本番!?」

「というよりむしろ、今まで失敗したことしかないんじゃろ!?　しかも初めて打つ金属で、無謀にもほどがあるっ！」

「考えお直しっ！　ヒヒイロカネの『二重合金』と、『神獣の牙』『女王竜のウロコ』の付与だって、【神話級】に届くかもしれないじゃないかっ！」

父ちゃんは、オイラたち全員の顔を見回した。

「届くかもしれない、じゃダメなんだ。今持ち得る全身全霊を込めてこそ、今打ち得る最高の剣になる！　その確信をもって初めて、【伝説級】は生まれる。【神話級】なら言わずもがなだ。おそらく俺に、『こうしたほうが良かったんじゃないか』、そんな迷いがあれば、いくら神代の金属でも【伝説級】にも届かないだろう。鍛冶、ってのは、偶然や運で最高の仕事が出来るわけじゃない。技と、魂だ。濁りのある魂じゃ、澄《す》んだ剣は打てない。ここにきて安全パイを取るようじゃ、真の鍛冶士とは言えない」

迷いのない父ちゃんの宣言に、婆ちゃんたちもオイラも、続く言葉を呑むしかなかった。

本当は、まだまだ言いたいことはあったけれど。

全身全霊ったって、そもそも成功したことないじゃん、とか。

「分かった。父ちゃんの全てをつぎ込んで作ればいい。で？　何を作るの？　エスティの母ちゃんのときは、フランベルジュって言ってた。フランベルジュって、炎のように美しい剣だよね？　火竜女王の武器として、相応しいような気がするんだけど。エスティの母ちゃんが生きてる間はその形だったんだから、最高の剣だったんだよね、きっと。でも、ヒヒイロカネは、その姿はエスティに似に相応しくない、と判断した。難しいよね。最高の剣に仕上がったとして、それでもエスティに似つかわしくない、とヒヒイロカネが思えば、それだけでダメなんだから」

オイラは、唇をとがらせて腕を組んだ。

婆ちゃんたちも、眉間にしわを寄せて腕を組んだ。

その中で、父ちゃんだけが破顔一笑《はがんいっしょう》した。

「それなら、もう決めてある」

「へっ？」

「パルチザンだ」

「パルチザンって……槍!?」

「今まで、しゃんざん、剣、剣って話をしといて、ここに来ての、ましゃかの槍っ？」

「槍って、長柄の、突く武器じゃろ？　あの火竜女王に……合うかねぇ」

ルル婆が首を傾げる。

「ああ、違う違う。多分、ルル姐が想像した、いわゆる『槍』の形じゃない。パルチザンってのは、1・8メートルくらいある全長の三分の一近く……つまり60センチほどが刃の、いわば薙《な》ぎ払うための槍だ。火竜女王とノアとの戦いを見ていて思ったが、彼女は絶対強者だ。対等の相手と剣で打ち合う戦い方は似つかわしくない。多数を相手に、圧倒的な力で薙ぎ払う。それが、火竜女王、エスティローダだと思った」

「なるほど……」

「60センチ……そりゃ相当だね」

ララ婆が、腕を広げて刃の長さを実感している。

60センチとなると、赤子の身長くらいある。

そもそも鍛冶士といえば剣のイメージが強いが、対魔獣でも対人間でも、剣より槍のほうが圧倒的に使い勝手がいい。何より魔獣に近づかなくていいし、歩兵が剣を持っていても、馬に乗った人間には届かない。

実戦に出ないタイプの女王なら、炎を表す美しいフランベルジュが似合うのだろうけれど、エスティは自ら前線に討って出るタイプの女王だ。

まぁ、エスティの母ちゃんがどんな竜だったかは知らないけど。

っていうか、自ら前線に出る女王って、女王としてどうなの？

「火竜女王は長身で強力《ごうりき》だ。そのパルチザンは、全長を2・5メートル、通常の比率より刃も大きく1メートルほどにして、刃の途中にも持ち手を付け、取り回しを良くする。問題は、このヒヒイロカネが、そこまで大きくなるかなんだが……」

「それは、今心配しても始まらないよ。ところで、こしらえはどうするの？　柄は、金属？　木？」

「いや……」

父ちゃんは、ヒヒイロカネ鉱石を、そうっと両手ですくい上げた。

エスティは、ひとかけらと言ったけれど。

本当に、父ちゃんが両手ですくい上げられるほど。幼児の頭くらいの量しかない。

「なんとなくだが、他の金属や木と接《つ》がれるのは、こいつが嫌がってるような気がするんだ。何とか、柄までひとつなぎの、ヒヒイロカネで作りたい」

「2・5メートルの槍を、たったそれだけの鉱石で？」

いくら自分の意志で嵩《かさ》を変えるとはいっても……

「まぁ、それこそ。やってみなきゃわからんな。しかし、こうなってみると、ノアとルル姐ララ姐に協力してもらって、『金属製錬』スキルを取っといて本当に良かった。ヒヒイロカネの製錬なんて、どこの製錬所にも頼めんからなぁ」

「ヒヒイロカネが実際に存在することだって、滅多なことで口外出来るもんじゃあないよ。ギルドマスターだって坊さんだって、欲に目がくらまんとも限らない。竜種全てに追われることを換算したって、盗《と》って逃げようって輩《やから》がいるだろうからね」

大盗賊のララ婆が言うと、説得力がある。

「ってなわけで、ノア。火竜女王の依頼に関しては、口外無用だ」

「そんなの言われなくても分かってるよ。でも明日から、エスティたち、毎日ここに来るんでしょ？　ご近所さんに隠し通せるかなぁ」

「それを言われるとなぁ」

「テリテおばさんくらいには、説明しとく？」

「まぁ、このへんのご近所さんは、肝の太い人が多いから……」

結局、このまま放って帰ったら寝覚めが悪いということで、婆ちゃんたちもエスティの武器が打ち上がるまで滞在を延長することになった。

婆ちゃんたちがソイ王国に書いた手紙を預かって、飛脚屋《ひきゃくや》に頼みに行っての帰り道、オイラはテリテおばさんのところに寄って、軽く説明しておいた。

その夜。

オイラが出した『ビーフ（?）シチュー』を、婆ちゃんたちも父ちゃんも、複雑そうな顔をして食べていた。

## 30 【神話級】へ①

翌日。

背筋が熱くなった、と思ったら、エスティたちが舞い降りて来た。

昨日のオイラの提案通り、エスティたちからの一方的なテイマー契約、というのが成功したようだ。

空からゆっくりと弧を描いて舞い降りてくる様は、どこか幻想的でキレイだった。

「覚悟は出来ておろうな?」

薄く笑うエスティに、オイラは満面の笑みを返した。

「もちろんだよ！　そっちこそ覚悟しといてね！　最っ高《こ》ーーの武器にしてみせるから！」

「言うのぉ」

今日もエスティは、セバスチャンさんにラムダさん、リムダさんを従えている。

父ちゃんの鍛冶場は一人用。本来なら、そんな大人数が見学出来るほど広くない。

けれど、エスティたちは火竜。鍛冶の炉の熱さなんて屁《へ》の河童《かっぱ》だ。炉の近くまで詰めてもらえたことで、なんとか見学のスペースを確保した。

ちなみに、どうしても様子が気になる婆ちゃんたちも、オイラが増設した、オイラ用の作業場のほうでちっちゃくなって見守っている。婆ちゃんたちは意外と暑さに弱いので、軽く魔法障壁まで張っている。

エスティたちが来る前に、既に炉には火が入っている。

オイラはエスティたちを迎えに外に出たけれど、父ちゃんは炉に炭を入れながら、ふいごで空気を送り、炉の温度を上げている。エスティたちが入ってきても、振り返りもしない。既に鍛冶モードに入った父ちゃんに、周りの雑音は一切聞こえていない。

「依頼人にあいさつもなしか」

不機嫌そうにラムダさんが言うものの、鍛冶場の父ちゃんは、この世の誰よりも肝が据わっている。上位火竜の小言《こごと》だってどこ吹く風だ。

最初は炉の温度を上げすぎないのがコツだ、と父ちゃんは言っていた。慎重に、炉だけを見て、その温度を見極めているのだろう。

父ちゃんの横には、製錬済みのヒヒイロカネが置いてある。

そう、『製錬』まで。

『金属製錬』のレベルＭＡＸは、『全ての金属の短時間での製錬が可能』だから、ヒヒイロカネも問題なく製錬することが出来た。

オイラはてっきり、そのまま『精錬』もスキルでするものと思っていたけれど。

父ちゃんは、そうはしなかった。

なんでも『精錬』済みの金属を使うってのは、ここ百年ほどで行うようになった、いわば時短のための裏ワザで、本格の鍛冶からすると邪道なんだそうだ。

邪道だろうがなんだろうが、一本を打ち上げるための時間が短くなり、まして品質にもさほどの差がないとなれば、鍛冶士も助かるしお客さんも喜ぶ。だからこそ、今の鍛冶は精錬済みの金属を使うのが主流、というか普通。オイラも、精錬していない金属を使う、なんて方法すら知らなかったほどだ。

実際、ミスリルやオリハルコン、マグマ石なんかの希少金属でも、製錬所で精錬した金属と『本格』のやり方で鍛えた金属とに、ほとんど差異はないそうだ。

けれど。

ヒヒイロカネは、神代の金属。

昔ながらの『本格』でやるのが正解だろうと、父ちゃんは言う。

『精錬』をしていないので、ヒヒイロカネの表面はまだごつごつしている。

父ちゃんは、それを金バサミで挟み、炉の中に入れて加熱する。

オイラが普段鍛冶をするときよりも、だいぶ低い温度なのか、ヒヒイロカネはゆっくりじっくりと赤くなっていく。

「熱が伝わるのが早いな」

父ちゃんがボソッとつぶやいた。

鍛冶士の基準としては、鉄が基本で、オリハルコンは熱し辛く冷めやすい、アダマンタイトは熱し辛く冷め辛い（さらに伸ばし辛い）、金は熱しやすく伸ばしやすい、マグマ石は熱しやすく冷め辛い、といった特徴がある。

こう考えると、オイラがちょこちょこ使っていたマグマ石は、割と鍛冶のしやすい金属だった、ということになるだろう。オイラ以外、手に入れるのは難しいらしいけれど、難易度的には初心者向けなのかもしれない。

ヒヒイロカネが、マグマ石同様に熱しやすく冷め辛いなら、鍛冶をする側としては助かるんだけど、多分、違う気がする。熱しやすく冷めやすい金属なのだとしたら、難易度は高めだ。冷めやすい金属や伸び辛いというのは、成形が難しい。

父ちゃんが赤くなったヒヒイロカネを金バサミで取り出し、台の上に載せた。

そっと、様子を見るように金槌で打ち始める。

普通なら、ここで5ミリ程度まで打ち伸ばすらしいけれど、ヒヒイロカネはそこまでいかない内に、急速に熱を失って硬化してきた。

そこを、父ちゃんが再び金バサミで掴んで炉に戻す。

「こいつは、オリハルコンより冷めやすいな」

炉を見る父ちゃんは真剣そのものだ。

ちなみにその間、オイラが何をやっているかというと、炉にくべる炭を、ひたすら適切な大きさに切り分けている。今回の一世一代の鍛冶において、炉の火の調節なんて、とてもじゃないけどオイラなんかに任せられない。エスティに大見得《おおみえ》を切ったものの、オイラに出来るのは、父ちゃんが本格的に打ち始めたときの相槌だけだ。

それと。

万一のときのために。

父ちゃんの技術を、盗むこと。

普段あれほどしゃべる婆ちゃんたちでさえ、鍛冶場の隅で小さくなったまま、必死に気配を殺している。ささやき声すら聞こえない。

その一方で、エスティは、オイラが炉の近くに用意した椅子に優雅に座り、セバスチャンさんが淹れた紅茶を楽しんでいる。エスティの背後には、紅茶のポットを持ったセバスチャンさん、不機嫌そうなラムダさん、興味津々なリムダさんが立っている。

再び小豆色《あずきいろ》になったヒヒイロカネを台に載せ、父ちゃんは手早く5ミリの厚さに伸ばした。

それを、まだ熱い内に、傍らの石造りの水槽に突っ込んだ。

水槽の中の水は、今朝、まだ暗い内から起きだした父ちゃんが、新しいものと汲《く》み代えていた。

もうもうと立ち上る湯気の中で、父ちゃんはじぃっと水槽の中のヒヒイロカネを観察している。

加熱した後、急に冷やすことで、金属の中の炭素量が高い部分は水の中で自然に砕け、低い部分だけが残る。この砕けた方が武具を打つのに適した金属だと、昨日、風呂に入りながらそう父ちゃんが説明してくれた。

ちなみに精錬までするとこの工程ははぶけるから、オイラは普段やったことがない。

けれど。

父ちゃんが目を見張る。

「全て残った、か……」

湯気が収まった後、父ちゃんが水槽から持ち上げた金バサミには、先ほどと完全に同じ形のヒヒイロカネがはさまっていた。

「ふむ？　何をやっておるのじゃ？」

小首を傾げるエスティに、オイラが作業の解説をする。

剣に適した部分とそれ以外の見極めをしている、と言うオイラに、ラムダさんが鼻を鳴らした。

「ふん、ヒヒイロカネだぞ。くだらない真似を」

ラムダさんはどうやら、火竜の宝でもあるヒヒイロカネを人間の鍛冶士に委《ゆだ》ねることが、相当腹に据えかねている様子だ。しかも、その委ねた理由ってのが、父ちゃんを誅する口実ってんだから、文句のひとつも言いたくなるのも、分かる気がする。

エスティにしてみたら、父ちゃんが失敗したら失敗したでそれで良し。いい暇つぶしになる。くらいにしか思っていないんだろうけど。

暇つぶしで唯一の肉親を殺されそうなオイラってどうなの？

父ちゃんは、水槽から取り出したヒヒイロカネを、台の上に置き直した。

通常なら、この後、残った金属片をさらに金槌で割り、不純物の割合や金属の性質を見極める作業に入るはずだ。砕けずに残った部分も、剣に適した金属なら金槌で簡単に割れる。

けれど、父ちゃんは動かない。

「どうしたの？　細かく割るんじゃないの？」

オイラの言葉に、父ちゃんは腕を組んで首を傾げた。

「なんだかなぁ。ヒヒイロカネが、割られたくない、って言ってるような気がしてなぁ」

また、金属の叫びが聞こえる、ってやつだろうか？

オイラにはさっぱり聞こえてこないけど。

「まぁ、生きてるってんなら、そりゃ割られるのは嫌なんじゃないの？」

何気なく言ったオイラの言葉に、父ちゃんはカッと目を見開いた。

「それだ！」

「へっ？」

「そうだ、ヒヒイロカネは生きている！　だったら割られるなんて、嫌に決まってるよな」

腑に落ちた、といった感じの父ちゃんに、かえってこっちが首を傾げる。

「いや、それだったら、炉に突っ込まれるのだって嫌なんじゃないの？」

「それは、そこの火竜勢みたいに、炉の熱なんて屁でもない生き物もいることだし」

「ふむ。確かに屁でもないな」

「お嬢さま」

エスティの口から出た、「屁」という言葉に、セバスチャンさんが眉をひそめる。

っていうか父ちゃん、エスティたちがいるのに一応気付いていてたんだね。ガン無視だから目に入ってないのかと思った。

「サラマンダーみたいに、炉の熱を吸収しているってのも考えられるな。しかし……」

そこで父ちゃんは難しい顔になった。

本来ならここで、幾つかに割った金属片を積み上げて炉に入れ、熱して金槌で打ち、また熱しては金槌で打ち、を繰り返して、次第にひとつの金属へとくっつけていく。

オイラもそうだったけれど、『合金』にする場合は、ここで複数の金属を混ぜ合わせる。

今回は、まだ『精錬』をしていないから、ここからだいぶ熱して打って、を繰り返さなければならないけれど、『合金』のスキル使用ポイントはやっぱりここだ。

父ちゃんの言う『一種の特殊二重合金』の場合、ここで金属片をふたつに分け、一種だけれどふたつのイメージで『合金』スキルを使用するんだ、と父ちゃんは言っていた。

二種類でも四種類でも、違う種類の金属を合成する場合、スキルさえあれば、技術や腕がなくても（それこそオイラでも）、ほとんど自動で合金は成功する。ただ二種類の金属を重ねて、炉に入れればいい。

けれど、同じ種類の金属ふたつでは、本来『合金』スキルは発動しない。それを、違う種類の金属を合成するときに自動で発動するスキルの微細な感覚をとらえ、一種類の金属にもかかわらず無理やりスキルを再現する。

本来なら感じ取れないほどの、微妙なスキル発動の感覚。

それを知覚し、再現するセンス。

父ちゃんが、『特殊二重合金』に必要なのは、スキルを使うセンスだ、と言ったのはそこに起因《きいん》する。『特殊二重合金』に必要なのは、『合金』スキルを無理やり再現するセンスと、一種類の金属をふたつだと認識するイメージ。ヒヒイロカネを割れないということは、そのイメージをするのが格段に難しくなる。

仮に折り返して鍛接《たんせつ》するにしても、つながっている部分へのイメージがどうしても甘くなる。『一種の特殊二重合金』と普通の『一種金属』が混ざり合った状態になりかねない。『特殊二重合金』の中に普通の金属が混ざれば、それはその武器の弱点になり、武器が壊れる起点になる。

父ちゃんも同じことを考えているのだろう。

じーっとヒヒイロカネを見つめている。

『特殊二重合金』をあきらめ、アダマンタイト辺りとの『二種合金』にするのか。

『特殊二重合金』になり切れない金属が混ざることを覚悟で、推し進めるのか。

それとも、思い切ってヒヒイロカネを割るのか。

父ちゃんは、どれも選ばなかった。

ふーーーっと深呼吸をすると、ヒヒイロカネの板をそのまま炉に入れた。

「どういうこと!? 『特殊二重合金』をあきらめて、合金なしの普通の鍛冶をするつもり!?」

# 31 【神話級】へ②

オイラの言葉にも、父ちゃんは反応しない。

真剣なまなざしで炉の中を見つめ、ヒヒイロカネの色合いに見入っている。

通常ならここで、砕いた金属片を鍛冶用のテコ棒の上に集め、濡れた紙で包んで、素材を混ぜた藁灰をまぶし、泥の汁をかけて炉に入れる。

父ちゃんの行動は、『合金』の常識からいっても、『素材付与』の常識からいっても常軌《じょうき》を逸している。

藁灰や泥汁をかけるのは、『素材付与』の効果を除いても、熱に負けて金属が減るのを防ぐために必要なことだ。

ちなみに、『合金』スキルのない鍛冶士が二種類の金属を炉に入れた場合、錫《すず》と銅のように合金(この場合は青銅《せいどう》)になるものもあるが、大抵はうまく合金化せずに分離してしまう。特に、オリハルコンやミスリル、アダマンタイトといった、魔素を含む希少金属はその傾向が強い。

一見うまくいったように見えても、武器に成形する過程で、鍛接がうまくいかずに歪んでしまう。そうしたらまともな武器にはならない。

以前に、武器の最下級は【量産級】と言ったような気がするが、実は正確ではない。

【量産級】の下に、【見習い級】が存在する。

一般に売られている武器が、【量産級】以上なのは間違いない。売るに値《あたい》しない武器。それが【見習い級】だ。

オイラが打った武器の最高は【特異級】だけれど、その他の多くはこの【見習い級】だった。

合成がうまくいかなかった武器も、この【見習い級】に相当する。

父ちゃんがヒヒイロカネの【特殊二重合金】に失敗すれば、おそらく出来上がった武器は【見習い級】になる。武器の最上位である【神話級】から一転、最下位の【見習い級】へ。

父ちゃんは、赤く熱の入ったヒヒイロカネを取り出し、金槌で打って鍛錬する。

そしてまた炉の中へ。

「ん？」

オイラは思わず目をこすった。

何度か鍛錬を繰り返す内に、ヒヒイロカネが確かに少なくなったのだ。

藁灰も泥汁も使ってはいない。

ただでさえ貴重なヒヒイロカネが、ついに熱に負け始めたのか……そう思って天を仰ぎかけた瞬間。

父ちゃんの横顔が目に入った。

炉の火に赤く照らされたその口元は。

確かに、薄く、会心《かいしん》の笑みを浮かべていた。

「……！」

そうか。父ちゃんは言っていた。

『特殊二重合金』に成功すると、金属はその嵩《かさ》を大きく減らす。

成功したんだ。

どうやったのかは、傍目《はため》にはサッパリ分からなかったけれど。

父ちゃんは、一塊になったヒヒイロカネに泥汁をかけ、藁灰をまぶした。

藁灰は、『竜王の牙』を混ぜたものを、二籠《ふたかご》用意してある。

『特殊二重合金』のときと同じだ。

全く同じものでも、ふたつ用意したほうが、『特殊二重付与』のイメージがしやすい。

ちなみに『竜王の牙』はオイラのスキル頼みではなく、父ちゃんが自分で粉にし、薬研で擦《す》った。

さすがは『竜王の牙』、専用の魔道具ではとても砕けず、アダマンタイト製の金やすりで、削るように少しずつ粉にした。その金やすりさえも、父ちゃんが『特殊二重合金』で鍛えたものだ、っていうから驚きだ。さらにダイヤモンドを付与して硬さを上げているそうで。

そもそも素材の粉に他の素材や金属が混入したら、鍛冶が台無しになってしまう。やすりが負けて、やすりの粉が入ってしまったら貴重な素材がパアだ。そこでどんな素材にも負けない、最強のやすりを目指したそうだ。

鍛冶にはとことんこだわる父ちゃんだ。

そこまで考えて、オイラはハッと気付いた。

ここまできたら、もうすぐ鍛錬だ。つまり、相槌のオイラも出番だ。

切っていた炭を炉の側の炭置きに入れ、オイラは自分用の大金槌を手にした。

ゆっくりと深呼吸をして。

それから父ちゃんを見る。

父ちゃんの呼吸に、次第に自分のそれを重ねていく。

鍛錬っていうのは、金属を加熱しては金槌で打ち、金属の中の不純物を弾き飛ばして、金属の質を均等にする工程らしい。鍛錬をするから、鍛造。精錬までしてある金属なら、この鍛錬の工程をだいぶはしょれる。でも、ヒヒイロカネに限ってはここが一番大事な工程だ、と父ちゃんは言っていた。

父ちゃんが、赤を通り越して黄色くなったヒヒイロカネを、台の上に出した。

父ちゃんは無言だ。

ピリピリとした気迫が、オイラの頬に伝わってくる。

父ちゃんが小槌《こづち》を振り下ろす。

息を合わせて、オイラが大金槌を振り下ろす。

交互にヒヒイロカネを打つ音が、鍛冶場の中に響き渡る。

本来なら、相槌を務めるのにも長い修業が必要なんだけれど、オイラだって、伊達《だて》や酔狂《すいきょう》で長年金鎚を振るってきたわけじゃない。まぁ、自己流だったけど。金槌の打ち方、腕力、持久力だけは、父ちゃんの折り紙つきだ。

ある程度打ったところで、父ちゃんがヒヒイロカネの真ん中にタガネで溝《みぞ》を刻み、小槌で叩いてふたつに畳《たた》む。

そして再び、炉の中に入れた。

その間に、オイラが藁ホウキを水で濡らす。

父ちゃんが炉から取り出したヒヒイロカネを台に載せると、素早くホウキで表面のカスを払う。

そして叩いて叩いて、また叩いて。次はさっきの方向と垂直になるように畳み、また熱して、叩いて、畳んで、を繰り返す。その合間合間に、泥汁と藁灰をまぶしていく。

「なるほど、キレイなものじゃのぉ。火が喜んでおるわ。ノアの『父ちゃん』は、火に好かれておるの」

今まで優雅にお茶を飲んでいたエスティが、目を細めて言った。

背後のセバスチャンさんも、静かに頷く。

「……お嬢さま、あちらもご覧くださいませ」

炉を見てほほ笑んでいたエスティが、セバスチャンさんに促されて、もう一度ヒヒイロカネに視線を戻した。

そして、軽く目を見開いた。

「ほぉ。ヒヒイロカネが、増してきておるわ」

大金槌を振るうのに集中していて、言われるまで気付かなかった。

確かに『特殊二重合金』で一度減ったはずのヒヒイロカネが、最初のときよりもさらに大きくなっている。鍛錬し、炉に入れるたびに、ヒヒイロカネは少しずつ粘りを増し、大きくなっているようだ。

「ヒヒイロカネに認められた、ということかの」

「はい、お嬢さま」

「そんなっ、陛下。人間の鍛冶士ごときが……」

「まぁ、黙って見ておるが良い。火が喜んでおるのは、そなたにも分かるであろ?」

エスティに言われて、ラムダさんは唇を噛んで沈黙した。

火が喜んでいる、というのは、オイラには分からない感覚だけれど、火竜にとっては一目瞭然《いちもくりょうぜん》なのかもしれない。

父ちゃんが『精錬』を避けて『鍛錬』を重ねたことは、正解だったわけだ。

さらに、『特殊二重合金』が成功したのは確信出来た。

あとは、『特殊二重付与』が成功しているかどうか。

『特殊二重付与』も、『特殊二重合金』と理屈は同じだ。二種類でも四種類でも、違う種類の素材を付与すれば、スキルは自動で発動する。けれど、同じ種類の素材を二倍量使っても、本来スキルは発動しない。それを、自動で発動するときの感覚を基に、無理やり『付与』スキルを再現する。

ただし、『二重合金』よりも、『特殊二重付与』のほうが感覚の再現が難しいのだと父ちゃんは言う。

言葉で説明するのは難しいのだけれど、例えるなら、『合金』は右手と左手に持ったふたつの金属同士をくっつければいい。

けれど、『付与』は。

右手と左手に持ったふたつの素材を、違う物体にくっつけなければならない。違う物体（金属）を支える、第三の手とも呼べる感覚が必要なんだそうだ。加えて、右手と左手の素材を一緒にくっつけてしまえば、一種類の素材付与と変わらない。

二重に包み込むようなイメージと、スキルの感覚の再現。

『特殊二重合金』も『特殊二重付与』も、ハッキリ言って傍目には成功したんだかどうだかよく分からない。分かるのは父ちゃんだけだけれど、肝心の父ちゃんは何も言わない。

ヒヒイロカネが順調に増えていっているのは、オイラが見てもよく分かった。

二十回以上もの鍛錬を繰り返した結果。ヒヒイロカネは、最初の十数倍もの分量……パルチザンを成形するのに充分だろう嵩《かさ》になっていた。

「なんて、美しい……」

食い入るように父ちゃんの作業とヒヒイロカネを見ていたリムダさんが、うっとりとつぶやいた。

何度も鍛錬を繰り返したヒヒイロカネは、最初の暗い鈍色が嘘のように、陽の光のような明るい色に輝いていた。目を凝らせば、その中にも、鍛錬の証である板目文様《いためもんよう》が見て取れる。

「今日は、ここまでだな」

父ちゃんがそう言ったとき。

オイラは全身汗まみれでへたり込んでいた。

「だ、大丈夫かの、ノアしゃん?」

婆ちゃんたちが、心配そうに走り寄ってくれる。

「お腹すいたーーーーーっっっ」

オイラの心からの叫びに、エスティが笑い出す。

鍛冶に夢中になりすぎて、お昼ご飯なんて忘れていた。気がつけば辺りはすっかり暗くなっているし、鍛冶場の中は炉の灯りだけで全てが赤く色づいて見える。

「これから料理するとか無理ーーー」

基本的に、父ちゃんのご飯も婆ちゃんたちのご飯も、オイラが作っている。オイラが作らなきゃ、ご飯はない。父ちゃんも婆ちゃんたちも料理は出来ないからだ。

エスティは……期待するだけ無駄だろう。

作り置きのビーフシチューも食べ終わっちゃったし、うちにあるのは父ちゃんの酒とツマミだけだ。

「こんだけ動いてメシ抜きなんてぇ」

そういえば、エスティたちはお茶を飲んでいるのは見るけれど、何かを食べているところは見たことがない。『竜の棲む山脈』に、棲んでいる全ての魔獣を養えるだけの動植物がいるようには思えないし、あそこの生態系はどうなっているんだろう?

「どうしゅる、ララ? これからひとっ走り、何か買って来るかい?」

「けど、もう遅いしねぇ。ここらの店は、日が暮れたら閉めちまうだろ?」

「町場ならやってる店もあるじゃろうが、戻ってくる前に木戸《きど》が閉まっちまうねぇ」

王都の各町ごとには、木戸と番小屋《ばんごや》というものがあり、夜間の町から町への人の移動を管理している。よっぽどの理由でもない限り、夜に通してもらうのは難しい。

「なんじゃ、人とは面倒なものじゃのぉ」

「竜なら、ひと月やそこら食べなくても全く問題ありませんからね」

火竜は火竜で、のんびりとそんな話をしている。

父ちゃんは食い物よりも鍛冶に夢中のようで、鍛錬の終わったヒヒイロカネを無言で見つめていた。


そこに、遠くからどたどたと足音が近づいて来た。

「ノアちゃーーーん、いるかい？」

現れたのは、大きな鍋《なべ》とパンの塊を抱えたテリテおばさんだった。

ポトフだろうか？　優しい香りが鼻孔《びこう》をくすぐる。

「料理してる余裕なんかないと思ってさ。昨日のイノシシで作ったベーコン、たっぷりだよ！」

「テリテおばさ～ん、愛してるぅ」

涙さえ浮かべて、オイラはテリテおばさんの大きな腰に抱きついた。

## 32 【神話級】へ③

「なるほど、そなたが、大恩ある『テリテおばさん』か」

あの後。

エスティは、オイラがよく話題にする『テリテおばさん』の現物を見られてご満悦《まんえつ》だった。お世話になってると常々言っているせいか、父ちゃんとは違って、テリテおばさんに対してはとても友好的だった。その上、テリテおばさんの作ったパンにポトフまで食べて帰った。

『竜って、人間の料理なんて食べるの？』と尋ねるオイラに、エスティは笑って、『食べなくても困らんが、食べればうまいぞ』と言っていた。

基本的に火竜は、大地の熱、つまり火山の力を吸収して生きているそうだ。食べ物を摂取しなくても生きていけるけれど、消化器官は備わっているので、嗜好品《しこうひん》として何かを食べたりお茶を飲んだりもする。

さらに、火山から離れた場所に住んでいる変わり者の火竜とかは、何かを食べる必要があるそうだ。それでも成長期を過ぎれば、ひと月ふた月食べなくても平気の平左《へいざ》らしい。

『竜の棲む山脈』は、あまり食べ物が豊富そうに思えないのに、あれだけの魔獣が暮らしている理由が分かった。魔獣というのは、人間とは違うものも食べられるんだ。

ちなみに、その日のお風呂は父ちゃんが沸かしてくれた。

疲れ切ったオイラを見たテリテおばさんが、青筋を浮かべてニッコリほほ笑んでくれたから、なのは言うまでもない。婆ちゃんたちに薪《まき》でお風呂を沸かしてもらう、ってのもなんか悪いしね。

なんでも、ルル婆は昔、「わざわざ薪なんぞ使わんでも、これで一発じゃろ」とか言って、湯船に火魔法を打ち込み、湯船ごと溶かした前科があるそうだ。威力の調節は慎重に願いたい。

ルル婆いわく、氷とかより、火魔法のほうが微妙な調節が難しいらしいけど。

ララ婆に、風呂と料理はルルに任せちゃダメだ、って言われた。


そして、翌日。

再び、四体の竜が舞い降りる。

鍛冶場の炉には既に火が入り、オイラも父ちゃんも、鍛冶屋の前掛けに手袋、ブーツの完全装備だ。黒モフは、首巻きのままだとさすがに暑いので、前掛けのポケットに収まっている。オイラから離れたがらないから仕方ない。

鍛冶場の中には、昨日、鍛錬したヒヒイロカネの巨大な固まりが置いてある。

父ちゃんが言うには、剣によっては芯となる金属とそれを包む金属とで、別々に鍛錬した金属を鍛接して一本の剣にする場合もあるみたいだけれど、今回のヒヒイロカネは最初から割ることが出来ないので、このまま成形に入る。

朝、明るくなってから、鍛冶場の中を丁寧に探してみたけれど、普通、金属を鍛えるときに火花と一緒に飛び散るはずの金属の粒は、一粒も見つからなかった。父ちゃんが言っていた、『ヒヒイロカネが割られるのを嫌がっている』というのは、あながち間違っていないと思う。

父ちゃんは昨日、『特殊二重付与』が成功したとも、失敗したとも言わなかった。

浮かれている様子も沈んでいる様子もなく、酒こそ飲まなかったけれど、普通の父ちゃんだった。

鍛冶場に入れば、鬼気迫る、けれどどこまでも金属に真摯《しんし》な、いつもの父ちゃんだった。

父ちゃんが、明るい陽の色まで鍛錬したヒヒイロカネを、炉の中に入れる。

本来なら、金バサミで挟んで持ち上げられるはずのない大きさだけれど、嵩《かさ》を増したヒヒイロカネの全体の重さは、さほど変わっていないように思えた。

つまり、製錬だけしたときには、アダマンタイトよりも重い金属だと思ったけれど、今では相当軽い金属になっている。

かといって、ポップコーンやカルメ焼きのように、空気を含んでもろくなったような感じはしない。安っぽくもないし、見た目のまま気合を入れて持ち上げようとしたなら、拍子抜けしてぎっくり腰になりそうだ。

そういえば、父ちゃんが、昔ぎっくり腰になったときは大変だった。ぎっくり腰は癖になるとかで、何回も寝込んでいた。まだ、母ちゃんが生きてた頃の話だけれど。

父ちゃんが、炉の火を真剣なまなざしで見つめる。

オイラも、大金槌を手に、息をつめて見守っている。

鍛錬に比べて、成形では力加減が必要なんだ、と、昨日、風呂を沸かしながら父ちゃんが説明してくれた。

鍛錬は、おおよそ大金槌の重さに任せて力いっぱい打ってもいい。けれど、成形でそれをやると、金属に無理がいく。鍛接をしていないヒヒイロカネならばまだ打ち直すことも出来るが、中心とする金属と皮となる金属とを鍛接して造る剣の場合、金属同士がよじれ、ゆがんで、取り返しのつかないことになってしまうそうだ。

大金槌を持ち上げて、力いっぱい振り下ろすことよりも、力加減をした上で、優しく打つことのほうが遥かに腕力がいる。

昨日、寝る前に練習してみた。なんとか出来るものの、腕の筋肉が相当ぷるぷるした。もうちょっと、腕力にスキルポイントを振っておけば良かった。

スキルポイントなしでも鍛えれば腕力は上がるけれど、肉体の限界はどうにもならない。どんなに鍛えたところで、小柄なオイラが大柄なテリテおばさんより力持ちになることはないし、子どもは大人より力が弱い。それを軽くひっくり返せるのが、スキルポイントだ。

でもレベルアップしている時間はないし、今日はこのままいくしかない。

レベル自体は、この間一気に130上がったけれど、スキルポイントはそっくりそのままテイマースキルに変わっている。

「いいか、ノア」

父ちゃんの問いに、オイラは無言で頷く。

父ちゃんが炉の中から取り出したヒヒイロカネを、父ちゃんの指示に従って大金槌で打っていく。

熱しては打ち、熱しては打ち、を繰り返し。

優しく、慎重に。

徐々に槍の形……パルチザンへと。

本来なら、槍の穂《ほ》と柄の部分は、別々に作って組み合わせるのだけれど、穂も柄もヒヒイロカネで作る以上、ひとつなぎで打ち上げるしかない。

腕の筋肉が、悲鳴を上げる。鉱石の塊を担いで何時間走ってもへっちゃらなオイラだけれど、慎重に、優しく、というのは思った以上に変な筋肉を使う。

穂と柄をひとつなぎで成形すると言われたときには、なんて難行だと思ったけれど、父ちゃんの思いが伝わったのか、ヒヒイロカネは自らその形になろうとしているように思えた。

父ちゃんの鍛冶場の炉は、かなり大きめに出来ているから何とかなっているけれど、普通の鍛冶場だったら、きっと炉の中に全て収まり切らなかっただろう。

何しろ普通の槍よりだいぶ長大だ。

ちなみに、父ちゃんの鍛冶場の炉が大きめに出来ているのは、聖騎士だった母ちゃんの主武器がランスだったことによる。その頃も、強度を重視する母ちゃんの要望で、穂と握りがひとつなぎのものを中心に打っていたそうだ。

「長柄《ながえ》……槍？」

ラムダさんが眉をひそめる。

父ちゃんは、火竜たちに、どんな武器を作ろうとしているのか一切説明していない。最初に婆ちゃんたちが疑問に感じたように、エスティのイメージに槍は合わないのだろう。エスティまでもが小首を傾げている。セバスチャンさんの表情は読めない。

だいたいの形が出来たところで、今日は終わりとなった。

やはりとっぷりと日は暮れ、握りしめ続けてくっついたようになっている手を大金槌から引っぺがす。ガラン、と鍛冶場の土間に大金槌が転がった。

手が小刻みに震えて全く力が入らない。もう一度大金槌を持とうにも、多分、もう一ミリも上がらないだろう。

「お腹すいたーーーーーっっっ」と叫ぶ気力もないところに、再びテリテおばさんが現れた。

「おやまぁ、ノアちゃん大丈夫かい？」

昨日は、初めて会うエスティに気兼《きが》ねしていた様子のあったテリテおばさんだったけど、エスティが友好的だったのもあって、すっかり慣れていた。

「今日はね、ライ麦のパンと、うちの牛からしぼった牛乳で作ったシチューだよ。パンも焼きたて、牛乳もしぼりたてだ。ジャガイモも人参《にんじん》も玉ねぎもうちの畑で作ったのだ。ついでに言うなら、肉もうちの畑で獲ったやつだからね。女王さんも食べてくだろ？」

「ほお。牛の乳というのは、菓子に使われている、あれか？　このような使い方もあるのじゃな」

へろへろになって座り込んでいるオイラをよそに、テリテおばさんとエスティが牛乳談議で盛り上がる。

ちなみに父ちゃんは、鍛えている筋肉の質が違うのか、鍛冶仕事で疲れる神経はないのか、まだまだ余裕がありそうだ。

「牛乳があるとないとじゃ、作れる料理の幅が大きく違うからね。バターもチーズも生クリームも、きっと女王さんだって好きだろ？」

「生クリームにチーズは知っておるが、バターとは？」

「焼き菓子はよく食べるって言ってたじゃないか。クッキーやパイ生地にゃあ、バターが欠かせないんだよ」

「ほお。では我も知らぬ内に、牛の乳を食《しょく》しておったのじゃな」

「そうそう。っと、ノアちゃん、パンとシチューが無理そうなら、パンがゆでも作ろうか？　チーズたっぷり入れて」

ぽえっとしたまま座り込んでいるオイラを、鍋をセバスチャンさんに押しつけたテリテおばさんがガシッと抱え上げてくれる。

二メートル近い長身のエスティ（人型）と、大柄なテリテおばさんはだいたい同じくらいの目の高さだ。厚みはだいぶ違うけど。

セバスチャンさんとラムダさんはエスティと同じくらいの身長、リムダさんは火竜にしては小柄で、父ちゃんとどっこいくらいだ。

「大丈夫、シチュー食べられるよ」

にへらっ、と笑ったオイラに、なぜかテリテおばさんは父ちゃんをにらむ。べつに、父ちゃんのせいってわけじゃないんだよ？　婆ちゃんたちは今日は早めに抜けて、夕飯とお風呂の用意をしてくれているはずなんだけど……不安しかない。

「チーズたっぷりのパンがゆとな？　どのような味じゃ？」

「まあ、ムチャクチャ美味しいってわけじゃあないけど、弱っているときに食べやすいからね。うちじゃあ、あたしや娘は滅多に風邪《かぜ》なんかひかないんだけど、父ちゃんやら息子がよく胃を壊すもんでね。ちょいちょい作るんだよ」

オイラを抱えたテリテおばさんが、鍛冶場を抜けて、母屋へとずんずん進んでいく。その後を、すっかりテリテおばさんになついた（？）エスティと、鍋を抱えたセバスチャンさん、パンを持たされているラムダさんが続く。

「シチューにも、隠し味でチーズが入ってるからね。栄養満点だよ。今年のチーズは出来が良かったんだ。父ちゃんは酒ばっかり造ってるけどね」

そう言って、テリテおばさんは一番後ろから来たうちの父ちゃんをチラッと見た。

ん？

テリテおばさんの旦那さん、マーシャルおじさんが、お酒を造っている？

「あーーっ、ひょっとして！」

父ちゃんが、父ちゃんなりに鍛冶を頑張ろうとしていたっていう話を聞いて、何か違和感があると思ってたんだ。

オイラの集めた鉱石を売っぱらってないなら。ジェルおじさんたちからの依頼料は、酒屋のツケその他で消えたとして、じゃあ父ちゃんがいつも飲んでる酒は、いったいどこから調達していたのか？

ジェルおじさんたちからの依頼は、あって年に三回。

いくら父ちゃんの腕がいいからって、一回の鍛冶の材料費を引いた手間賃《てまちん》で、四か月も酒浸りになれるものなのか？　ってか、酒屋さんが四か月もツケで売ってくれるものなのか？

父ちゃんはダメダメだけれど、うちに借金取りが来たことはない。その答えが……

「ひょっとして、父ちゃん、マーシャルおじさんにお酒もらってたの？」

「そうだったんだよ」

ため息まじりに、テリテおばさんが説明してくれた。

テリテおばさんも、最近知ったらしい。

マーシャルおじさんは、酒を飲むよりも、むしろ造るほうが好きなんだそうだ。お店でちゃんと売るお酒（清酒）に関しては醸造所《じょうぞうしょ》として王国の許可が必要だけれど、どぶろくなんかの濁《にご》り酒《ざけ》は私造が黙認されているそうだ。

マーシャルおじさんは、お酒を造るのは好きだけれど、実はお酒に弱い。しかも、マーシャルおじさんと父ちゃんは、歳が近くて仲も良かった。味見を父ちゃんに頼む内、ついつい渡す量が増えて……

父ちゃんは空き瓶を抱えて、ちょくちょくマーシャルおじさんのとこにお邪魔していたようだ。

「父ちゃん……」

ジト目を向けると、父ちゃんはついっと目線を逸らした。

「マーシャルのどぶろくは、オムラが好きでな」

「……ぐっ」

母ちゃんの話題を出せば、オイラが弱いの知っててぇ。

せめて一言文句を言ってやろうとしたオイラの鼻に、嫌～なにおいが届いた。見上げると、テリテおばさんも鼻の頭にしわを寄せている。

オイラたちを待っていたのは、すっかり黒焦げになった大鍋と湯船だった。

……ねぇ、婆ちゃんたち。

誰が掃除するっての、それ？

## 33　火竜たちの恋愛模様

「まぁ、料理をするのに、魔法は使わないほうがいいってことだよね」

父ちゃんは鍛冶士だし、鍋だって五右衛門風呂《ごえもんぶろ》だって作ろうと思えば作れる。だけど、何も、こんな時に鍋を作りたいとは思わないだろう。

そんなわけで、黒焦げになった鍋と湯船は、責任を持って婆ちゃんたちが買い替えてくれることになった。

窓を全開にして換気してから、テリテおばさんの作ってくれたシチューとライ麦パンで夕ご飯にして、それからオイラと父ちゃんはテリテおばさん家にお風呂を借りに行った。

婆ちゃんたちは、反省も込めて遠慮するそうだ。

汗みどろのオイラと父ちゃんは、遠慮なく使わせてもらうことにした。

そういえば、母ちゃんが死んだばっかりの頃。まだ自分でお風呂なんて焚《た》けなかったし、父ちゃんは嘆きながらお酒を飲んでばっかりで、お風呂なんて思いつきもしない様子だったし。

よくテリテおばさんのところで、お風呂をもらった。

テリテおばさんとマーシャルおじさんは牛の世話があるから、子どものお風呂の時間にはいなかったけれど。まだ小さかったマリル兄ちゃんの、それでもオイラよりは大きな背中と、既に結構大きかったシャリテ姉ちゃんの、湯船から覗く大きな肩。

湯気と共に、懐かしい記憶に残っている。

テリテおばさんのとこのお風呂は、その頃と何も変わらなかった。

「ほぉ。人の風呂とはこのようなものなのか」

……なぜか、エスティまでついてきていた。

ラムダさんとリムダさんは先に帰し、セバスチャンさんだけを引き連れて、テリテおばさん家にお邪魔している。

確かにテリテおばさん家は皆大きいから、お風呂も民宿くらいの大きさはある。人型のエスティが入っても、充分な余裕があるだろう。けれど、さすがに父ちゃんもオイラも、エスティと一緒に入るわけにはいかない。すると、必然的に女王様が出てくるまで、外で待たされることになる。

エスティを後に回したらどうかって？

そんな怖いマネ、出来る人がいるなら見てみたい。

さすがに春とはいえ、まだ冷える外に汗みずくのオイラたちを待たせるのは悪いと思ったのか、セバスチャンさんが、どこからかテーブルに椅子まで取り出して、お茶を淹れてくれた。

テリテおばさん家のお風呂は母屋と別棟で、母屋には今、牛の世話でテリテおばさんもマーシャルスおじさんもマリル兄ちゃんもいないから、さすがに母屋で待たせてもらうのは遠慮した。シャリテ姉ちゃんは冒険者デビューしたので、たまに農繁期に手伝いに帰ってくるくらいで、普段はいない。

「お嬢さまが申し訳ございません。火竜の湯浴《ゆあ》みは竜形態でマグマ風呂ですので、物珍しかったものと」

「マグマ風呂!?」

「さすが火竜だな」

「ウロコにつく虫は落ちますし、大抵の汚れは焼け溶けますから」

「火竜につく根性のある虫とかいるんだ」

セバスチャンさんの淹れてくれたお茶は、さすがに美味しかった。エスティに出すときは、火竜独自のお茶を使ったりもするらしいけれど、オイラと父ちゃんには、ちゃんと人間用のお茶を用意してくれた。余計な甘みや香料臭さのない、すっきりとした紅茶だ。

「ところで、ノア様」

「え？」

なんだか改まった口調で話しかけられて、オイラはとまどう。

「お嬢さまのこと、いかがお思いですか？」

「へっ？　いかが、って……」

「お嬢さまがノア様のことを気に入られておられること、並々ならぬものがおありです。今回のことも、火竜に伝わるヒヒイロカネまで持ち出されて……。ノア様は、お嬢さまのお気持ちをご存じのはず。それについて、いかがお思いか、と尋ねております」

「って、オイラをエスティの伴侶《はんりょ》に、って話？」

父ちゃんが無言でお茶を噴き出したけれど、それはさて置いて。

「だって、オイラ、人間だよ？」

「重々分かっております。……そうですね。まずはノア様には、竜種というものについて説明させて頂きたいと思います。ノア様においては、お嬢さまの他に、雌《めす》の竜というものをご覧になったことがございますか？」

「え？」

オイラは首を傾げる。

竜形態の竜が雄《おす》か雌か なんて、全く分からないんだけど……

「ご覧になったことはない、と思います。各竜種において、卵を産める雌は、ただ一体。火竜、風竜、木竜、水竜において、一体ずつ、四体の女王だけが竜の卵を産めるのです」

「……初めて聞いた」

「これは、竜種の秘中の秘ですゆえ。考えてもご覧ください。このことを他種に知られてしまえば、竜種を滅ぼそうとする者は、みな女王を狙うでしょう」

「ちょっと待った」

黙ってお茶を拭いていた父ちゃんが、口を挟んだ。

「風竜の王は、女王じゃなくて王だ、って聞いたが」

「よくご存じで。風竜の王は、確かに雄の竜。雄の竜が王になることも、確かにございます。しかしそれは、卵を産める雌の竜の夫であることが、大前提なのです。雌の竜が、君臨することを好まぬような気質である場合、夫が代役を務めるようなわけです。事実、お嬢さまより二代前の火竜女王も、攻撃特化の火竜に似合わず温和な方で、伴侶の雄が火竜王を務めておりました。そして。女王は、自らが年経て卵を産む力が落ちたと感じると、次代の女王の卵を産み落とします。次代の卵がかえると、段々と女王は衰《おとろ》えていき、次代が大人になられた頃に、逝去《せいきょ》されます」

「ほえー。でも、なんでそんな大事なことを、オイラに？」

「ノア様に、お嬢さまの伴侶となって頂くためです」

「えっ!?　そんな重要なことなら、なおさら人間なんかじゃ」

オイラの言葉に、セバスチャンさんは無表情で首を振る。

「種族は関係ありません。女王に、『夫』と認める信頼する相手がいること。その事実が何より重要。最も肝心なのは、女王なのです。女王の産卵とは、実は単性生殖に近い。『夫』の細胞を取り込み、それを中心に卵を形成するので、その代に生まれる竜には、多少『夫』の種の影響が出ますが、次代の女王の卵は完全なる単性生殖。次代以降に、その『夫』の影響が出ることは有り得ません。当代の『夫』が他種であっても、女でも、それこそ犬猫でも構わないのです」

「犬猫？」

自分を指差してつぶやくオイラに、父ちゃんが大きく頷く。

「犬だな」

「けれど『夫』がいなければ、女王が卵を産めないのは事実。エスティローダさまがご即位されて、百年。いまだ『夫』は、なく。ここ百年、新たな火竜は生まれておりません」

百年間、新しい火竜が生まれていない？

いくら長寿の竜種とはいえ、それってかなり大事《おおごと》なんじゃあ……？

「それって、結構ピンチ？」

「さようです。幸か不幸か、火竜は竜種の中でも女王の権力が強く、他の竜種でしたら無理にお見合いでもさせられるところを、お嬢さまの『我が認める者とでなくば、つがいになどならぬ』という お言葉がまかり通って参りました。しかし、百年です。いい加減、私も他の火竜も焦《じ》れて参りました。お嬢さまの『夫』候補として、ラムダやリムダも教育して参りましたが……お嬢さまが認められることは、いまだなく。ラムダなどはお嬢さまをお慕《した》いしているようですが。そこに、ノア様が現れたのでございます」

　オイラと父ちゃんは顔を見合わせた。

「人とはいえ、お嬢さまが初めて『伴侶としても良い』とおっしゃいました。私どもがノア様に期待すること、並々ならぬものがございます。『人間など』とか申す頭の固い長老どもは、私めが責任をもって説得いたします。どうか、どうか、お嬢さまとのこと、前向きにご検討くださいますよう」

　セバスチャンさんがそこまで言ったところで、お風呂から上がったらしいエスティから声がかかった。

　オイラと話していたことなんか放り投げて、セバスチャンさんがバスタオルを持ってすっ飛んでいく。さすが女王というかなんというか、エスティは自分で体を拭くこともせず、全部セバスチャンさんがやっているようだ。

「なぁ、ノア」

「なに、父ちゃん？」

「お前、火竜のとこに婿《むこ》に行くのか？」

「ぶっ。まさか」

　お茶を噴きかけた口元を拭って、オイラは少し離れた風呂場の入り口を見やった。

　頬を上気させたエスティが、セバスチャンさんに何やら楽しそうに話しかけている。服も着終わったようだ。

「オイラは、当て馬だからなぁ」

「当て馬ってことは、女王は、誰か他に本命がいるのか」

「そうだね」

風呂上がりのエスティに、セバスチャンさんが、テリテおばさんからもらったフルーツ牛乳を差し出している。

嬉しそうにそれを受け取るエスティの頬は、やはり桃色に上気していて。いくら風呂上がりとはいえ、火竜がお湯に入ったくらいで、そんなにのぼせるものなのだろうか？

「けっこう、分かりやすいと思うんだけどな」

「？」

「気付かないもんなんだね、百年も」

オイラだって、恋愛の機微《きび》なんて、ちっとも詳しくないんだけど。

当代最強の火竜女王の、百年も言い出せない淡《あわ》い恋心は、ちょっとほほ笑ましい。

「オイラとエスティは、友だちだよ」

まともに働かない親に、腹を立ててくれるくらいのね。

父ちゃんに聞かれないように、こっそりと心の中でそうつぶやいた。

## 34　火竜の苦手なものは？

三日目。

昨日、だいたいの形にまでしたヒヒイロカネの形をさらに整える。

昨夜、テリテおばさん家でゆっくりお風呂に入らせてもらったおかげか、筋肉痛はあるものの、なんとか動けるまでには回復していた。

オイラの出番は、あと少しだ。

父ちゃんが炉から取り出したヒヒイロカネに、エスティが縦横無尽に振るう美しいパルチザンをイメージしながら大金槌を振り下ろす。力任せではない打ちはやっぱり筋肉にくるけれど、だからといって力加減を間違えば、一巻の終わりだ。

ヒヒイロカネは、父ちゃんとオイラがイメージした通りに形を変えていく。

全長、２・５メートル。

三角形の穂の長さは実に１・２メートル。

全長の半分近い。

穂の三分の二辺りに、穂と柄の隙間があり、そこを持ち手にして取り回しを良くしてある。穂は先端から優雅なＡラインを描き、幅は最大で40センチ、柄の反対側には小さな鎌状の石突きがある。

叩くたびに、炉に入れるたびに、ヒヒイロカネが美しくなっていくようだった。

「今日は、ここまでだ」

父ちゃんがそう言ったとき、終わったのは昨日より早い時間だったけれど、オイラは限界寸前だった。

へたっ、と尻もちをついたオイラに、ルル婆が水を持って来てくれ、ララ婆が濡らした手ぬぐいを持って来てくれた。

なんか甘やかされてるなぁ、オイラ。

そこに、例のごとくテリテおばさんが食事のお誘いに来てくれる。

今日はおでんだった。

さすがに、大鍋はともかく、お風呂は昨日の今日で買い替えられていないから、今日も今日とて、テリテおばさん家にお風呂をもらいにいく。

おでんは土鍋で煮たほうが美味しいからと言って、うちまで持ってこずにテリテおばさん家の母屋に誘われたけれど、行ってみて納得した。テリテおばさん家の土鍋は、とても大きかった。昔話の三匹の子豚か、ってくらい。狼でも丸ごと煮られそうだ。

そこに、テリテおばさん家で取れた丸い大根が、丸のまま浮いている。確かにオイラの好物だけれど、いくらなんでも大人の頭大のを丸かじり、はないんじゃない？　当然ジャガイモも丸ごと。

このへんだと、王都の南の海で魚が獲れ、魚河岸《うおがし》も立つことから、練り物《ねりもの》も比較的流通している。海辺で加工されたちくわやはんぺんが、王都中に張り巡らされた堀を、小舟に乗って運ばれて来る。

そんなわけで、練り物や餅巾着《もちきんちゃく》もけっこう入ってはいるけれど、大根のインパクトが強すぎてちっちゃく見える。

こんにゃくまで、手作りのデカいのがぽこぽこ入っている。こんにゃくって、一回作ると物凄い量が出来るからね。うちもよくお裾《すそ》分《わ》けでもらうし。

「ほお、これが昨日言っていた丸大根か」

やっぱりついてきたエスティが、菜箸《さいばし》で丸大根を突き刺し、ひょいっと持ち上げて食いついた。

丸大根って、普通の大根よりかなり柔らかいはずなんだけど。よく崩れないね、それ。ってか丸かじり？

「丸ごと入ってるとは思わなかったなぁ。丸大根って、丸のまんまだと剥《む》きづらいのに」

「感心するとこ、そこか？」

「いや、ホントなんだよ？　皮剥き器でも包丁でも。大きすぎて、角度が微妙に」

「ああ、それはね」

テリテおばさんが台所から、まだ葉っぱもひげ根もついたままの丸大根を一個、ひょいっと取り出した。

「ほいよ、マリル」

ノーモーションで回転までつけて放り投げられたそれは、頭に直撃すれば、多分、死ぬ。立派な鈍器《どんき》だ。ヘタレのマリル兄ちゃんのことだ、うっかり受け止め損ねることも充分あり得る。

「はいよ、母ちゃん」

「へっ⁉」

しゅるるるるるっ、と。

まるで、ユウガオの実を剥くように、白い大根の皮がひとつなぎで床に舞い落ちた。

「へへっ、ちょっとしたもんだろ」

剥き終わった丸大根の葉っぱを空中でひっ掴み、マリル兄ちゃんは山刀《さんとう》を持った右手で、鼻の下をこすった。

「ウソ、あのマリル兄ちゃんが……」

「誰しも特技はあるもんさね。まぁ、一発芸だけどね」

「……なんか二人とも、俺に対する評価がヒドイ」

「おでんだってマリルが作ったんだよ。それと、ほら、これ」

テリテおばさんが、台所から今度は丸々とした魚を持ってきた。60センチくらいあるだろうか。

「いい鯛《たい》だろ？　さっき魚屋が担いで来てね。うち用に一匹、ノアちゃんとこ用にもう一匹買っといたんだ」

「ありがたいけど、テリテおばさん。そんな立派な鯛、買うお金が……」

オイラは財布《さいふ》の中身を思い浮かべる。

普段の食料はご近所さんとの物々交換がほとんどだし、エスティからの依頼料はまだもらっていない（ヒヒイロカネ鉱石だけ置いて、金塊はセバスチャンさんが回収していた。成功報酬だそうだ）。

オイラの財布には、銀一枚入っていない。銅銭十何枚かがやっとだ。

ちなみに、大陸の通貨は銀だ。

金ではなく銀なのは、『竜の棲む山脈』が大陸中央に位置することによる。

竜は、金が好きだ。『竜の棲む山脈』には広大な金鉱が存在する、と言われているけれど、全て竜が独占している。もちろん、竜も人間の町を襲ってまで金を集めるような真似はしないけれど、人間が新たに山から金を採掘することは出来ない。

人間の間に流通している金は、『竜の棲む山脈』から流れ出る川から採れる砂金《さきん》を集めたもの。それと、『はぐれ竜』と呼ばれる、竜の領域から離れた場所に棲む一匹狼の竜が討伐された、また、何らかの理由によって死んだとき、その棲み処に残されていた金。まれに砂漠で見つかる金鉱石。遺跡《いせき》や古墳《こふん》から発見されるもの。

それが全てだ。

そのため、金の価格は銀に比べてとても高く、とても貨幣として流通させることは出来ない。

ややこしいけど、銅銭２５０枚で一朱銀《いっしゅぎん》。

一朱銀４枚で一分銀《いちぶぎん》。

一分銀４枚で一両銀《いちりょうぎん》（一両小判《こばん》）。

つまり、銅銭４千枚で一両銀、４万枚で十両銀だ。

団子が一本で、銅銭４枚。うどんが一杯、銅銭16枚。大根が一本で、銅銭16枚。米が一升《いっしょう》で、銅銭１００枚。

つまり、オイラの財布には、うどん一杯分のお金しかない。鯛はマグロより高いから、オイラは今まで買ったことがない。こんな立派な鯛がいくらするのか……考えるだに恐ろしい。

「いいんだよ。ノマドさんの仕事再開＆ノアちゃんの鍛冶見習いのちゃんとしたデビューのお祝いだ。この冬の出稼ぎじゃあ、たっぷり稼いだからね。このくらいあたしのおごりだよ」

「ホント⁉　オイラ、鯛なんて初めて食べるよ！」

「初めてってこたぁないだろ。あれは確か、お前が五歳になった正月に……」

「覚えてるわけないだろ、そんなのっ。じゃあ言い直す。オイラ、鯛なんて十年ぶりだよっ！　……こっちのほうが、なんか貧しい感じしない？」

「……うん、確かに」

父ちゃんが微妙な顔で同意する。

うちの貧乏《びんぼう》っぷりは気合が入っている。オイラが鉱石や素材以上に詳しいのは、食べられる雑草だ。

「『冬のテリテ』だったら、畑仕事なんてしぇんでも、冒険者稼業《かぎょう》だけで充分稼げるだろうに」

「出稼ぎって、魔物討伐とかじゃよな」

今日はおでんにつられてついてきた婆ちゃんたちが、後ろのほうでコソコソ言っている。

やはりエスティのことが苦手なのか、いつもの精彩《せいさい》に欠けている。

それを耳に挟んだマリル兄ちゃんがしみじみとつぶやく。

「農家が本業。あくまで冒険者は農閑期の出稼ぎ。それが母ちゃんの口ぐせだからなぁ」

「そりゃそうさ。ここには父ちゃんと、かわいい牛たちがいる。あ、あとアンタもね。冒険者を本業にしちまったら、中々帰って来られないじゃないか」

「俺は牛の下かよ」

「牛たちの方がアンタより前からいるんだ。当たり前だろ?」

「今いる牛は、みんな俺より年下だろっ」

むくれるマリル兄ちゃんは、やっぱりいじられキャラだ。

言葉とは裏腹に、マリル兄ちゃんを見るテリテおばさんの目は優しい。うちも、母ちゃんが生きてたら、こんな感じだったんだろうか。

「ほら、むくれてないで、マリル。ノアちゃんに特技を見せるんだ、って張り切ってたじゃないか」

「ノッ、ノアにじゃない。ルル様とララ様に召し上がってもらうんだ、って言ったじゃないかっ」

真っ赤になってポカポカ叩かれても、テリテおばさんの厚い胸板はびくともしない。はっはっは、と豪快に笑っている。

ってか、いくら婆ちゃんたちが好きでも、そこまで否定しなくてもよくない?

「じゃあ、気を取り直して」

マリル兄ちゃんが、前掛けにハチマキを締め直す。

どうやら、台所でなく、テーブルの上で鯛を捌き、それをおでんをつつきつつ見てもらおう、という趣向のようだ。

それならオイラは遠慮なくおでんをもらおう。卵とはんぺんとこんにゃくと。大根は……父ちゃんと婆ちゃんたちと、ひとつを四分の一ずつ分けて食べる。

それでもかなりの量だ。父ちゃんとオイラは食べ慣れているけれど、婆ちゃんたちは丸大根は初めてだと言っていた。意外に量を食べる婆ちゃんたちだけれど、さすがに丸かじりはないようだ。

頬袋をふくらませて食べている様子は何度見ても見飽きない。

「ほお、魚とはそのように捌くのか」

興味深い、とか言いながらかぶりついて見ていたエスティが、不意に首をすくめた。

マリル兄ちゃんは、大胆に鯛のウロコを剥いでいる。

「どうしたの？」

「なんというか、こう、背筋がぞくぞくするの」

見れば鳥肌（？）が立っている。

「確かにぞっとしませんね」

セバスチャンさんまでもが首の後ろを撫でている。

「あ、そうか。二人とも、ホントはウロコだから」

火竜がウロコをあんな風に剥がれることなんて滅多にないと思うんだけど、動物の去勢《きょせい》の話とか聞くと、思わず股間《こかん》に手が行く的な、アレだろうか。

「ありゃま、そりゃあ悪いことしちまったね」

テリテおばさんが全然悪いと思っていなさそうな顔で謝る。

「いや、何となくぞくっとするだけじゃ。気にするでない」

「さようでございます」

エスティたちにも、苦手なものがあるとは思わなかった。

そうこうする内に、マリル兄ちゃんはウロコを剥がし終わり、内臓を取り出して水洗いし、頭は落とさずに……なんとも見事な、姿づくりが出来上がっていた。

「どうでい！」

どや顔をするマリル兄ちゃんを、婆ちゃんたちが褒める。

エスティがさっそく箸をのばし、セバスチャンさんが、しょう油の小皿とわさびを差し出す。父ちゃんのしっぽは、澄ました顔を裏切るように、ブンブン振られている。

なんで農家が魚捌くのが得意なんだよ、とか。マーシャルおじさん一人に牛の世話させてまで見せるほどの特技かよ、とか。色々とツッコミたいことはあるものの。

十年ぶりのご馳走《ちそう》ではあるので。

「すごいね、マリル兄ちゃん！」

満面の笑みでもって、オイラはありがたく鯛のお刺身《さしみ》を頂戴《ちょうだい》した。

そして、ここにはいないマーシャルおじさんに感謝する。

ありがとう、マーシャルおじさん。一人で仕事してくれてて。

# 35　【神話級】へ④

四日目。

今日は成形の最終段階だ。

多少は慣れてきたのか、筋肉痛は昨日よりましになっていた。痛さはましになったけど、腕が半端なくだるい。それでも、オイラの出番はあと少しだ。父ちゃんのためにも、エスティのためにも、やり切らないと。

父ちゃんが炉から出したヒヒイロカネは、もうほとんどパルチザンの形になっている。

その形を崩さないよう、ゆがませないよう、慎重に大金槌を振り下ろす。

父ちゃんの指示と、金槌の音だけに意識を集中させて。

「……よし」

「……くぁ」

父ちゃんがそう言ったとき、オイラはなんとか大金槌にすがって、へたり込むのは免れた。汗が目に入らないように額にまいた手ぬぐいは、びっしょり濡れて、さらに頬へと汗を滴《したた》らせていた。

オイラの出番は、ここまでだ。

座り込みたいのを、なんとか耐える。今日はまだ、昨日よりずっと短い時間しか打ってないんだから。

そのまま、父ちゃんの作業を見守る。

火造りと呼ばれるその工程では、最初よりもさらに低い温度で焼き、鍛冶士本人が小槌で丹念に叩いて姿を整える。

その後、仕上げだ。

父ちゃんは、一回冷ました熱の入っていないヒヒイロカネの表面を金槌で叩き、表面をならしていく。さらに全体にやすりをかけて綺麗に整える。

オイラが立っているのもやっとで、ぷるぷるしているのに気付いたのだろう。エスティが側に来て、オイラを支えてくれた。

そのまま汗まみれのオイラの髪を、ぐしゃぐしゃ撫でてくれる。

「よお頑張ったの」

その様子を、セバスチャンさんがほほ笑ましそうに眺めている。横のラムダさんは、ちょっと忌々《いまいま》しそうに。

いやだから、そういうんじゃないんだってば。

リムダさんだけは、父ちゃんの作業を真剣に見ている。

やすりをかけ終わったら、いよいよ『焼き入れ』だ。

前にオイラがやったように、炉で熱した武器を一気に水槽の水に入れて、金属を硬くする作業だ。

けれどオイラみたいに、ただ全体を熱して、水槽に入れて、とやると全体が硬化して、耐久度の低い武器になってしまうらしい。硬化させたいのは刃先だけ。刃先以外は、ある程度の柔らかさと粘りがあるほうが、武器は折れにくいそうだ。

オイラは単純に、太い剣は折れづらく、細い剣は折れやすい、と思っていた。それも基本的には間違ってはいないけれど、同じ太さの剣、同じ形の武器にも耐久度の違いがある。付与した素材によるところももちろんある。でも、金属の鍛錬の程度と、焼き入れの上手い下手。そこの違いも大きい、と父ちゃんは言っていた。

父ちゃんが土を用意し始める。

刃先以外には焼きが入らないように、刃先以外に盛るための土だ。とは言っても、そのへんの土でいい、ってことはもちろんない。

『焼き刃土《やばつち》』という。

粘土に炭の粉や貝殻の粉を混ぜて作った、父ちゃんのオリジナルだ。この配合は門外不出で、各鍛冶場によって色々工夫してあるらしい。

父ちゃんが、その巨大な穂にたっぷりと土を盛っていく。全体に土を盛り終えると、父ちゃんは刃先にあたる部分の土を拭き取っていく。波のような、炎のような、美しい模様が描かれていく。早く冷やして硬くしたい場所は薄く、ゆっくり冷やしたい場所は厚く。刃にそって真っ直ぐ拭き取ってもいいけれど、紋様を描いたほうが切れ味が増すらしく、父ちゃん独自の紋様があるようだ。

この土の紋様が、『焼き入れ』の後、美しい刃紋を生む。

そういえば、オイラの打った剣には、ほとんど刃紋がなかった。

「ふぅ」

紋様を描き終わった父ちゃんが、息をついて汗を拭った。

普通の槍よりかなり巨大な穂は、土を盛るのも紋様を描くのも、かなりの重労働だったようだ。

無意識に息をつめてそれを見つめていたオイラも、ふーーっと息をつく。握りしめていたオイラの手のひらには、びっしょりと汗がにじんでいた。

「後は、土が乾くのを待って、焼き入れだ」

もう既に、日が傾いていた。昨日までの通りなら、そろそろテリテおばさんが食料を持って訪ねて来てくれる頃合いだ。

「焼き入れは、明日？」

まだ支えてくれていたエスティに寄りかかりつつ、オイラは尋ねた。

「いや」

父ちゃんが、首を横に振る。

「今日の内に、焼き入れまでいく」

「えっ？」

正直、もうへろへろのオイラは、明日に回して欲しいところだった。

「焼き入れってのは、今まで以上に金属に入った熱の見極めが重要になる。金属の色を見極めるには、日が暮れてからのほうが都合がいいんだ」

父ちゃんの説明に、なるほど、と頷きつつも、そういえば『特殊二重付与』は成功しているんだろうか、などと今更なことを考えていた。疲れて思考があっちゃこっちゃに飛ぶ。

「ノアちゃーん、終わったかい⁉」

そこに、いつも通りテリテおばさんが差し入れに来てくれた。

「まだなんだよ、テリテおばさん」

「え？」

首を傾げるテリテおばさんに、オイラがざっくり説明する。

「この後、焼き入れってのがあるんだけど、夜のほうが都合がいいんだって。今は、土が乾くの待ち中」

「へえ？　ってことは、しばらく時間があるんだろ？　食べちゃいな、食べちゃいな。今日は都合良く、サンドイッチだからさ」

テリテおばさんが巨大なバスケットを差し出してくれた。中から巨大なライ麦パンと、それに挟んだ野菜、ハム、ベーコンなどが覗いている。

「ノマドさんが、明日は簡単に食べられるものがいい、って言ってたからさ。カモのハムもあるよ」

「父ちゃんてば、毎日差し入れしてもらってる上に厚かましい……今日、焼き入れする気満々だったんだね。オイラには何も言わないくせに」

「まあ、妬《や》かない妬かない。あたしは父ちゃん一筋だからさ」

ばしばし背中を叩くテリテおばさんの力は強く、はっきり言って吹っ飛ばされそうだ。

あ、でも、変に力が入って背中が痛かったから、ちょうどいい、かな？

いや、やっぱり痛い。

「こりゃ、カモじゃなくてロックバードじゃないかい？」

「エルダーボアと並ぶ『無限の荒野』の上位種だね」

「滅多に肉屋にも並ばない、高級肉じゃよ」

「そもそも、最近はろくな冒険者がいないからねぇ」

婆ちゃんたちが首を振りながらそんなことを言っている。

テリテおばさんの作るカモのハムはよくもらうんだけど、そうか、そんなに高いお肉だったのか。もりもり食べて悪いことしたかな？

「弱い魔獣は、父ちゃんのマーキングに弾かれて近寄って来やしないけど、エルダーボアやらロックバードやらは、ちょいちょい畑に迷い込んで来るんだよねぇ。だからうちの食卓にはよくのぼるのさ。わざわざ探さなきゃ見つからない他の魔獣と違って、わざわざうちまで食べられにやって来てくれるんだ、食べないわけにゃあいかないだろ？　ノアちゃんも、気にしないで食べた食べた」

既に気にせずもりもり食べているエスティと父ちゃんに並んで、オイラもバスケットからサンドイッチを手に取る。今更だけど、自分を殺そうかっていう相手と並んで普通にご飯を食べられるなんて、父ちゃんいったいどんな神経してんのさ？

鍛冶に入ると、それ以外のことは一切合切どうでもよくなるんだよね。

「うん、美味しいよ、テリテおばさん」

野菜もハムもベーコンも自家製、塗ってあるバターもチーズも自家製、パンまでテリテおばさんの手作りだ。これで美味しくないわけがない。

この辺は雪が降るから、二毛作《にもうさく》にはそんなに向いていない。二毛作ってのは、夏は米を育てた同じ田んぼで、冬は麦を育てる農法だ。ちなみに二期作ってのは、暖かい地域で、一年に二回米を育てること。

テリテおばさん家でも米はかなり作っているけれど、小麦は南のほうの畑で、自分家で食べる分だけ作っている。

王都は、『竜の棲む山脈』を北に背負うように広がっているので、基本、北に行くほど標高が高く、雪もいっぱい積もり、冬も寒くなる。二キロも南に行けば、積もる雪の量は二十センチは違う。

婆ちゃんたちも、両方の頬いっぱいに頬張ってサンドイッチをもごもご食べている。

昨日の鯛もそうだったけれど、今まで食料を分けてもらったときも、テリテおばさんが代金を請求したことはない。そのくせ、オイラが農作業のお手伝いをしたりすると、お小遣いや食料をくれたりする。

ちゃんとした武器が打てるようになったら、テリテおばさんにもっと色々打ってプレゼントしよう。うん。

みんなが食べ終わった時点で、父ちゃんが焼き刃土を確認しに行ったけれど、もうちょっとのようだ。

特別サービスで、セバスチャンさんがみんなの分までお茶を淹れてくれた。

「相変わらず、セバスの淹れるお茶はうまいの」

「もったいないお言葉です、お嬢さま」

「ところで、オイラたちのお茶と、ラムダさん、リムダさんのお茶は同じみたいだけど、エスティのだけ色が違うね。キレイな紅色だ。何のお茶？」

何気なく尋ねるオイラに、セバスチャンさんが何気なく答える。

「クリムゾン・サラマンダーでございます」

「「ぶっ」」

婆ちゃんたちがお茶を噴き出した。

「汚いなぁ」

「クッ、クリムゾン・サラマンダー⁉」

「さようでございます」

「婆ちゃんたち、知ってるの？」

「千年を生きて、紅色になったサラマンダーの亡骸《なきがら》からしか生えない、冬虫夏草《とうちゅうかそう》の一種でね。不老長生の妙薬であり、ネクタルの原料のひとつと言われてるんじゃ」

「ネクタル……って、昔話に出てくる？　神様の飲み物だっけ？」

「神の不老不死の元とされている秘薬しゃね。それを薄めると、エリクサーになるとも言われているんだ」

「エリクサー？　万病を癒し、手足の欠損すら治すっていう、あの？」

「しょうともしゃ。……セバスチャンしゃん、しょのお茶を、あたしゃらに少し分けてもらうわけには……?」

「お断りいたします。これは、女王竜にのみ許された特別なお茶でございますから」

婆ちゃんたちが、目に見えてがっかりした。

「そもそもネクタルとは、神の庭の泉ならば尽きず湧き出すものと言われております。それを人の手で再現しようとしたものの材料に、たまたまクリムゾン・サラマンダーの名が挙げられただけのこと。クリムゾン・サラマンダーを管理する竜種からすれば、迷惑以外の何物でもございません。エリクサーの原料に竜の肝が必要、などといった妄言《もうげん》と同種のものです」

取り付く島もないセバスチャンさんの言葉に、オイラはふと思う。

竜の卵を産めるのは、女王竜だけ。

ならきっと、クリムゾン・サラマンダーというのは、女王竜にとって、女王蜂にとってのローヤルゼリーみたいなものなのではないだろうか。そりゃ、関係ない人間なんかに取られたら怒るに決まってるよね。

そんな世間話が一段落したところで、父ちゃんが腰を上げた。

「じゃあ、いよいよ焼き入れに入るか」

# 36 【神話級】へ⑤

父ちゃんが炉に炭を足し、ふいごで風を送って炉の温度を上げる。

それから、ちょっと首を傾げた。

「女王陛下」

「うむ？　なんじゃ？」

「今、ブレスは放てますか？　人型のままで」

「無論じゃ」

鷹揚《おうよう》に頷くエスティに、父ちゃんはとんでもないことを言い出した。

「では、ここに。炉の中に、ブレスをお願いします」

「はぁ？」

さすがのエスティも、間の抜けた声を出した。

「今、ヒヒイロカネを入れますので、間髪《かんはつ》を容《い》れずに、ブレスを放ってください。この炉で普通に出せる温度では、ヒヒイロカネの焼き入れには足りない。そんな気がするんです」

エスティは、目を真ん丸に見開いてから、くくっ、と笑った。

「ほお、いい度胸じゃの。我がほんのちょいと向きを誤るだけで、炉の至近におるそなたは、丸焦げじゃぞ？」

「俺がいいと言うまで、お願いします」

「炉が、我のブレスに耐えられると良いがの」

エスティの楽しそうな脅しにも、父ちゃんはびくともしない。

鍛冶場の父ちゃんは一味違う。

「では」

ヒヒイロカネを炉に入れる。

そこに、大きく息を吸い込んだエスティが、細く長く息を吐き出す。

エスティの口先では透明だったそれが、離れるにつれて紅蓮《ぐれん》の炎に変わり、炉の中へと吸い込まれていく。

炉の温度が、一気に上がった。

熱の入りやすいヒヒイロカネは、見る間に赤く染まっていく。

父ちゃんが炉に一心に見入る。

触れれば切れそうなほどの集中力だ。多分、地震があっても台風が来ても、背後に包丁を構えた殺人鬼が来たとしても、父ちゃんは微動だにしないだろう。

父ちゃんの目が、カッと見開いた。ヒヒイロカネが赤から黄色、そして白に近くなる。

「そこまで！」

ひゅっ、とエスティが息を呑んだ。

父ちゃんは軽く唇を噛んで、ブレスの消えた炉から一気にヒヒイロカネを取り出すと、その勢いのまま、水槽の中へと突っ込んだ。

ぼんっっっ！

今までに聞いたことのないような音が、水槽から立ち上った。爆発音にも似たそれと共に、水槽からもうもうと水蒸気が立ち上った。

水蒸気が収まるのを待って、父ちゃんが水槽からヒヒイロカネを持ち上げる。

蕾《つぼみ》が花開くような。

山際から朝日が差し込んだような。

艶《つや》やかな輝き。

高らかな産声《うぶごえ》が歌い上がったような気がした。

「美しい」

誰かのつぶやきが遠くに聞こえた。

誰もが、その姿に見入っていた。

なんて、なんて美しい武器なのか。

昇る陽のような。

鮮烈な輝き。

「本来なら、ここから何回か炉に入れて、焼き戻しをするんだが……今回は、必要ないようだな」

父ちゃんの、満足そうな声が聞こえた。

そのまま、父ちゃんがヒヒイロカネの穂を研《と》ぎ上げ、柄にやすりをかけるのを、みんな無言で見守った。


「良う、出来た」

エスティが、満足そうに右手を差し出す。

「まだ、こしらえも施《ほどこ》してありませんが」

父ちゃんが、巨大なヒヒイロカネ製のパルチザンを、差し出されたエスティの右手のひらへとうやうやしく乗せる。

その瞬間。

ずんっ、とパルチザンが重量を増したように見えた。

「ふふっ」

エスティが、壮絶《そうぜつ》な笑みを浮かべる。

「成功じゃの。我が力を、よく吸いおるわ」

「へっ？」

間抜けな声を上げたオイラに、エスティがパルチザンを握りしめつつ説明してくれる。

「ヒヒイロカネを鍛えておるとき、大きさの割に、ずいぶん軽いと思わなんだか？　ヒヒイロカネは、鍛えておる間は鉱石、つまり休眠中の重さと変わらぬ。だが武器の姿となり、目覚めたとき。己が持ち主と認めた相手の力を吸い取り、持ち主に最も扱いやすい重さへと変わるのじゃ。つまり、ノアの『父ちゃん』は、ヒヒイロカネを目覚めさせるのに成功した、というわけじゃな」

ふーーーっと、オイラは息をついた。

とりあえず、この場で父ちゃんが殺されるのは免れたらしい。

「こしらえは……」

自分の命のことなんてすっかり忘れている父ちゃんは、パルチザンのこしらえを気にしている。

こしらえというのは、武器の鞘や、滑らないように持ち手に巻く紐や飾りのことを言う。

「心配ない。セバスに心得《こころえ》がある。こちらで施そう」

「下手の横好きと申しますか」

ところで、エスティは、普段セバスチャンさんのことを『セバス』と呼んでいるけれど、焦ったりすると『じい』と呼ぶ。子供の頃から『じい』と呼んでいたから、つい口をついて出てしまうようだけれど、普段は意識して頑張って『セバス』と呼んでいる。エスティが『セバス』と呼ぶたび、オイラは思わずニヤニヤしてしまう。

「そうですか」

ほっとしたように父ちゃんがほほ笑み、それからグラッと揺れる。

「父ちゃん!?」

「いや、はは。鞘師のあてが正直なかったもんだから。安心したよ」

慌てて支えたオイラに、父ちゃんがへにょっと笑った。

毎日野山を駆け回っていたオイラでさえ、あれほどへろへろになった連日の鍛冶に、父ちゃんが疲れていないわけはなかった。鍛冶への集中力で、麻痺《まひ》していただけだったんだ。

「父ちゃーん」

父ちゃんを支えながら抱きついて、横っ腹にぐりぐりと顔をうずめる。父ちゃんに抱きつくのも、思えばずいぶん久しぶりだ。もうオイラは、父ちゃんを担いで『無限の荒野』を一周出来るくらいの体力はついた。

でも、まだまだオイラは父ちゃんにかなわない。

今回の鍛冶で、そう思った。

「ふぅ」

エスティが息をつき、水平に持っていたパルチザンを垂直に地面に置くと、ずんっ、と音がした。

力を重さに変換するなんて、想像だにしていなかった。あれだけの重さにするためには、どれほどの力が必要なんだろう?

「では、改めて聞こうか。この武器の名前は?」

「そうだ、なぜ、陛下に槍など」

言いかけたラムダさんは、セバスチャンさんににらまれて慌てて口をつぐんだ。

「パルチザンと申します。陛下に相応しいのは、圧倒的な力。圧倒的な力でもって多数をなぎはらう、圧倒的な武器。そのイメージをもって、鍛えました。名は、陛下につけて頂ければ、と」

オイラに支えられながらも、確たる口調で父ちゃんは答えた。

パルチザンの全長は、2・5メートル。

三角形の穂の長さは実に1・2メートル。

穂は、先端から優雅なAラインを描き、幅は最大で40センチ、柄の反対側には小さな鎌状の石突き。

美しいながらも、実践的な造りだ。

一方で、その巨大な刃は、扱う者に圧倒的な技量と腕力を要求する。

「なるほど」

エスティが満足そうに頷いた。そして、オイラたちについてくるように促し、鍛冶場の外へ出ていく。

「では、ヒヒイロカネが真にこの姿を気に入っておるか、調べてみるとしよう」

「へっ？」

そんなの調べられるの？　と尋ねかけたオイラの前で、エスティが、ぶんっとパルチザンを振った。横薙ぎに一周振られた穂先が、ぴたっとオイラの首筋で止まる。

「ひえぇっ」

婆ちゃんたちが悲鳴を上げたけれど、オイラは何か不思議な感じを覚えた。そうっと、パルチザンの穂の腹に触れてみる。

「あったかい!?」

パルチザンは、柄を握っているエスティの手から2メートル近く離れているというのに、穂先まで温かだった。エスティの体温そのものだ。

「ヒヒイロカネは熱伝導率が高い。完全に目覚めておるようじゃな。ということは」

チリっ、とした闘気《とうき》を感じて、オイラは慌ててパルチザンから飛び退《ずさ》った。

次の瞬間。

エスティの肌が、炎をまとった。

同時に、パルチザン全体も、エスティと同じ炎をまとう。

オイラはてっきり、竜形態だと炎をまとい、人型になると消えるものだとばかり思っていたけれど、どうやら炎は出し入れ自由なようだ。

「このようなことも出来る」

エスティが振り回した穂先が、チッと触れた瞬間。

庭にあった楠木《くすのき》が音もなく横にずれ、ぼっと燃え上がった。

「ちょっ、エスティ！　あれはどんぐりがいっぱいなる、いい楠木なんだぞ！」

「それはすまんの」

楽しくなってきたのか、エスティは縦横無尽にパルチザンを振り回している。

「セバス」

「はい、お嬢さま」

セバスチャンさんが、魔法で水を出して消火している。

「火竜が、水魔法じゃと!?」

さりげなくルル婆がびっくりしてるけど。

「良い槍じゃ。名を、『金烏《ジンウ》』とつけた」

楽しげに言ったエスティが、とっ、と地面を蹴《け》り、そのまま空へと舞い上がった。

そして。

王都の夜空に、巨大な女王竜の姿が、赤々と顕現《けんげん》した。

## 37　女王竜の顕現

王都の空に、赤く美しい女王竜が顕現する。

いくら夜とはいえ、その赤く輝く巨大な姿は、王城からだって見えるだろう。

近所の家々からも、バタンバタンと何人かが飛び出して来るのが見えた。

「なっ、なななな」

頭から汗を飛ばしつつ、顔色を青くしたり紫にしたりしながら慌てる婆ちゃんたちとオイラをよそに、父ちゃんがボソッとつぶやいた。

「なるほどな。見事だ」

目線を辿れば、父ちゃんが見ていたのは、自身の打ったパルチザンだった。

『金烏《ジンウ》』と名付けられたそれは、確かに2・5メートルだったにもかかわらず、今は遥かに巨大な姿となって炎をまとい、竜形態のエスティに相応しく、その腕の中に納まっていた。

「おっ、おっきくなってる⁉」

「あれが、【神話級】と呼ばれる武器の能力でございます」

嬉しそうに目を細めて、消火の終わったセバスチャンさんがエスティを見上げる。

「さすがはお嬢さま。なんともお美しい。火竜とは、竜形態でこそ真の強さを発揮出来るもの。人の鍛冶士どのに頼むのですから、人の姿で依頼に参りましたが、本来、竜形態で使える武器でなくば実用には足りぬのです。ああやってヒヒイロカネが姿を変えたということは、過不足なく、お嬢さまにとってまこと相応しい、【神話級】の武器に鍛え上がった、という証拠」

「【神話級】⁉」

慌てて、オイラは『武具鑑定』を使って、パルチザンを見る。

**パルチザン・金烏《ジンウ》【神話級】**
**〔攻撃補整〕　20598**
**〔速さ補整〕　2069**
**〔防御補整〕　6003**
**〔耐久力〕　∞（壊れない）**

「攻撃補整2万超え⁉　ってか、『耐久力・壊れない』って！　初めて見た！」

思わず声を上げたオイラに、婆ちゃんたちと、帰り損ねていたテリテおばさんが目を見張る。

「なんとっ！　ほんとのほんに、成功しゃせおった！」

「まさか、本当に【神話級】なのかいっ⁉」

「間違いないよ、『武具鑑定』に、ちゃんと出てる……」

『武具鑑定』を持つ鍛冶士が見れば一目瞭然だけれど、婆ちゃんたちももちろんテリテおばさんも、鍛冶スキルなんて持ってるわけがない。

もっとも、鍛冶適性のある冒険者の中には、武器屋に騙されないよう、『武具鑑定』だけ取得している人もいるそうだけど。何しろ、スキルポイント1だからねぇ。

リスの獣人には、鍛冶適性はないそうだ。

「人の手で、ましゃか本当に、【神話級】が打ち上がるとは……」

半ばパニックになりながら騒いでいるオイラたちの横で、セバスチャンさんが夜空に輝くエステイに向かって優雅に一礼した。

「はい、お嬢さま。喜んで」

そのまま、すっ、とセバスチャンさんの姿が消える。

「えっ？」

オイラにも今のセバスチャンさんの動きは見えなかった。

そもそもセバスチャンさんはエスティの指示で消えたようだった。

オイラには何も聞こえなかったし、何かオイラの感知出来ない、火竜同士の伝達手段があるのかもしれない。

オイラが目をしばたかせる内にも、エスティは満足げに竜の腕で『金烏《ジンウ》』を握り、ぶんっ、と一振りした。

ずわわっと台風のような突風が通り過ぎ、婆ちゃんたちが飛ばされかけ、家々がミシミシと鳴る。

テリテおばさんはびくともしないけど。


『良う、しのけた。

人の鍛冶士よ。

確かに、我が一生を共にする武器と認めよう。

おぬしに火竜の祝福を。

『火竜王の鍛冶士』を名乗ることを許す』

荘厳《そうごん》に。

脳に、魂に直接響く声が、辺りを揺るがす。

「『女王竜の託宣《たくせん》』じゃ」

がたがたと震えながら、浮いていたララ婆が地面に降りる。さすがに大賢者、ひれ伏すまではいかないものの、手を合わせて拝みかねない勢いだ。ルル婆もテリテおばさんも、ぐっと奥歯を噛みしめている。

飛び出して来たご近所さんの何人かが、地面にひれ伏しているのが夜目にも見えた。

信仰っていうのは、こんな感じで始まるのかもしれない。

「ノマドに、称号が、増えた」

いつの間にやらグルグル眼鏡をかけたルル婆が、父ちゃんを見ていた。

「『火竜女王の祝福』と、『竜王の鍛冶士』じゃな。効果は、火耐性（最強）と、『特殊合金』『特殊付与』成功率補整20パーセント、さらに初回ボーナスとして、レベルプラス60……。なんとも破格じゃな」

「すごい」

父ちゃんには、もともと『神の鍛冶士』という『称号』がある。その効果は知らないけれど、普通、だいたいの『称号』には、特殊な効果が付随《ふずい》する。

それならば、ほとんどの人間が欲しいと思うところだろうけれど、大抵の『称号』は、何か特別な大仕事を成し遂げたとか、長年の努力の成果とかで入手するもので、一朝一夕《いっちょういっせき》に身につけられるものではない。

王都を襲ったアンデッドから国民を身を挺《てい》して守ったジェルおじさんの『英雄王』とかが、このくちだ。

けれどその他に、絶対者からの授与、という形での『称号』がある。

例えば、勇者が持つとされる、『戦神《せんしん》の加護《かご》』。

高位のお坊さんが持つという、『御仏《みほとけ》の慈悲《じひ》』。

『称号』を授ける側は、神や仏クラスでなければならないから、エスティが神獣というのは、あながち誇張じゃないのだろう。

「レベル60アップ、ってことは！　この前のスキルポイントの余りと合わせれば、『三種合金』と『三重付与』だって取得出来るんじゃない!?」

興奮して父ちゃんに詰め寄るオイラだったけれど、父ちゃんは何やら複雑そうな顔をしている。

「どうしたの、父ちゃん？　うれしくないの？　父ちゃんが『三種合金』と『三重付与』が出来るようになったら、もっっっっと凄い武器が打てるようになるじゃないか！」

「いや、そうなんだが……　『竜王の鍛冶士』の効果が、『特殊合金』『特殊付与』の成功補整ってことは、俺がやってる『二重合金』、『特殊二重付与』こそが、【神話級】への入り口だった、ってことか……？　じゃあ【神話級】においては、当たり前の技術だったんだな。俺が最初に編み出したんだ、と思ってたんだけどなぁ」

ガックリしたように父ちゃんが言う。なんだか、賭けに勝って勝負に負けた、みたいな？

「でもっ、でも、父ちゃん！　ここがゴールじゃなくてスタートだった、ってことじゃないか！　まだまだ鍛冶には先がある、ってことだよ！」

「いや、しかしなぁ……」

それでも、心なししなびている父ちゃんの背後から、婆ちゃんたちの黒いオーラが立ち上った。

「まぁだ懲《こ》りとらんのか、この青びょうたんは」

「火竜女王に誅《ちゅう》しゃれとれば良かったんじゃ、根性なしが」

「鍛冶にだけは一直線なのが、取《と》り柄《え》だと思ってたのにねぇ」

「オムラが見たらなんて言うか」

そこに、竜形態から人型に戻り、ふわりと地上に舞い降りたエスティが合流する。

「なんじゃ、またノアに面倒をかける気か？　せっかく見直してやったというに」

「せっかくでしゅ、新しい武器の試し切りは、この青びょうたんでどうでしゅかね」

「これが人生最高の武具の打ち止めなら、しょの武具にかかって果てるのが、せめてもの情けってもんでしゅよ」

「でっ、でぇぇぇ⁉　ルル姐、ララ姐、なんてことをっ⁉」

鍛冶が完了してしまったからか、父ちゃんが情けないモードになっている。耳が思いっきりペタンと寝て、しっぽが股の間で丸まった。

「ふむ。この『金烏《ジンウ》』より上質の武器を打たれるのも癪《しゃく》だ。この際、トドメを刺しておくのも悪くない」

丸っきり悪役の表情で、エスティがぞろり、と舌なめずりする。人間より長い舌に、縦に伸びた瞳の虹彩《こうさい》。巨大なパルチザンと合わさって、まあ絵になる悪役っぷりだ。

「まっ、まままま待ってくれ！　せめて、もう一振り！　『三重合金』に『特殊三重付与』で！　盗まれちまった装備の代わりに！　あの世のオムラのために、もう一振りだけ鍛えさせてくれ！」

後ずさり、ガタガタと取り乱しながらも絞り出したその言葉に、エスティと婆ちゃんたちは顔を見合わせると、ぷっと噴き出した。

「まあ、脅しておくのは、この程度で良いか」

「しょうでしゅね、ちったあ懲りたようじゃし」

「また何かあったら、あたしゃらに報告しゅるんだよ、ノアしゃん」

「冗談だと分かっちゃあいたけど、肝を冷やしましたよ。女王さんもルル様ララ様も、お人が悪い」

「じょ、冗談？」

肩をすくめるテリテおばさんに、父ちゃんのペタッと寝ていた耳が徐々に復活してくる。

「もう、エスティも婆ちゃんたちも。父ちゃん、鍛冶に精根《せいこん》込めすぎてヘロヘロなんだから、いい加減にしてあげてよ。……それより、どうするの？　さっきのエスティの竜形態。かーなーりー、目立ったよね」

「まあ、王都中から見えたじゃろうね」

「声も聞こえただろうねぇ」

「女王さんも派手な真似をしたねぇ。今に王国軍がなだれ込んできても知らないよ」

口々に言われるも、エスティは素知らぬ顔で小首を傾げる。

「なに、心配はいらぬ。竜王の顕現は瑞祥《ずいしょう》じゃ。国王がよほど愚かでもない限り、ことを荒立てはしないであろう。おぬしの叔父とやらは、そこまでの愚か者かの？」

「違うと思う……思いたい」

オイラの脳裏には、普段のおちゃらけたジェルおじさんの姿が浮かぶ。

不安しかないんだけど……まあ、婆ちゃんたちも何も言わないし、大丈夫かな？　うん。

「そんな些事《さじ》より、これからおぬしはどうするのじゃ？　おぬしが『竜の棲む山脈』へ来ておったのは、『母ちゃんが死んで以来、酒浸りになって鍛冶もろくにしなくなった父ちゃんが金槌を握ってくれるような、素晴らしい鉱石と素材を探すため』であったのじゃろ？　『父ちゃん』は、再び金槌を握ったぞ？　ん？」

試すように、面白がるように、エスティの炎の瞳がオイラをねめつける。

そうか。

そのため？

エスティが、わざわざヒヒイロカネなんて神代の金属まで引っ張り出して来たのは。

確かに父ちゃんが気に入らなかったのもあるだろう。あわよくば殺してもいい、とも思ってたのかもしれない。

でも、それだけじゃなくて。

父ちゃんに、金槌を、やる気を持たせてくれるために？

「ありがとう、エスティ」

心の内から、温かい何かが溢れてくる。

こんなにも、こんなにもオイラは大事に思われていた。

「ん？　なんのことじゃ？」

いたずらげにそう笑いながら、それでも空とぼけるエスティの頬が、照れて微妙にほてっている。

そんなエスティへ心を込めて、今度こそオイラは自分自身の夢を告げる。

「オイラはね、誰も知らない鉱石と、誰も見たことのない素材で、今までなかった武器を打つのが夢なんだ。いつかきっと、絶対、父ちゃんの度肝《どぎも》を抜くような、物凄い武器を打ってやる！」

「ふむ、そうか」

エスティが嬉しそうに目を細め、オイラの頭をガシガシとかきまわす。

「それならば、この先も、ノアは鉱石と素材探しを続けるのじゃな？　我が鍛えてやるのも……まあ、必然というわけだ」

「えっ？」

なんだか不穏な気配を感じて身構えたオイラの横で、父ちゃんが渋い声を出す。

「いやちょっと待ってください、陛下。こいつは鍛冶の技術がてんでなってない。俺ぁ確か、しばらく鉱石拾いも素材集めも禁止、じっくりがっちり鍛冶の基礎を叩き込んでやる、ってお前に言ったはずだよな？」

がっしりとオイラの首をホールドし、逃がさん、とばかりに満面の笑みを浮かべる父ちゃんが怖いです。

「え、えーっと……」

目を泳がせまくるオイラに、父ちゃんが無情に言い放つ。

「そもそも、鍛冶士の仕事に、鉱石と素材探しなんてものはない！　そりゃあ、冒険者か、鍛冶見習いの仕事だ！」

………。

あれ？

じゃあ、鍛冶見習いのままなら、鍛冶も鉱石拾いも、両方オッケーってこと？

「よし、決めた。オイラ、今まで誰もなったことのない、最強の鍛冶見習いになるよ！」

「ハァっ？」

拳を握りしめて宣言したオイラに、父ちゃんは顎を落とさんばかりの顔を引きつらせ、婆ちゃんたちとテリテおばさんが大爆笑した。

「最強の鍛冶見習い」

「なんともノアしゃんらしいの」

「本当だよね」

一方で、物凄い笑みを浮かべたエスティが、オイラの首根っこをがしりと掴む。

「よく分かったぞ、ノア。それでこそ我が友。『最強』を名乗るならば、火竜女王の一人や二人、倒せぬようでは困るの」

「えっ、いや、ちょっ、そういう意味じゃゃ!?」

「安心せい、我が懇切丁寧《こんせつていねい》に、鍛え上げてやるほどにのぉ」

「ひぇぇーーーー」

「えっ、へっ、陛下!?　ノアはまだ鍛冶修業がっ！　陛下ーー」

オイラの『最強の鍛冶見習い』への道のりは、まだまだ遠い。

転生者の能力を決めるガチャで大当たりを引いた俺、アキト。おかげで、顔は可愛いのに物騒な能力を持つという、チート王子様として生を受けた。俺としては、家族と楽しく過ごし、学園に通って友達と遊ぶ、そんなほのぼのとした異世界生活を送れれば良かったんだけど……戦争に巻き込まれそうになったり、暗殺者が命を狙ってきたり、国の大事業を任されたり!? こうなったら、俺の能力を駆使して意地でもスローライフを実現してやる!

◉定価:本体1200円+税　◉ISBN:978-4-434-27441-1　◉Illustration:オギモトズキン

●定価：本体1200円＋税　●ISBN 978-4-434-27336-0　●Illustration：もきゅ

戦闘で役立たずだからと、英雄パーティを追い出された少年、クルト。町で適性検査を受けたところ、戦闘面の適性が、全て最低ランクだと判明する。生計を立てるため、工事や採掘の依頼を受けることになった彼は、ここでも役立たず……と思いきや、八面六臂の大活躍！　実はクルトは、戦闘以外全ての適性が最高ランクだったのだ。しかし当の本人はそのことに気付いておらず、何気ない行動でいろんな人の問題を解決し、果ては町や国家を救うことに——!?

◆各定価：本体1200円＋税　◆Illustration：ゾウノセ

1～4巻好評発売中！

**弱虫テイマーの従魔育成ファンタジー!**

冒険者の少年、ルフトは役立たずの“テイマー”。パーティに入れてもらえず、ひとりぼっちで依頼をこなしていたある日、やたら物知りな妖精のおじいさんが彼の従魔になる。それを皮切りに、花の妖精や巨大もふもふ犬(?)、色とりどりのスライムと従魔が増え、ルフトの周りはどんどん賑やかになっていく。魔物に好かれまくる状況をすんなり受け入れる彼だったが、そこにはとんでもない秘密が隠されていた——? ぼっちのテイマーが魔物を手なずけて、謎に満ちた大樹海をまったり冒険する!

◉定価:本体1200円+税　◉Illustration:スズキ

◉ISBN 978-4-434-27265-3

この作品に対する皆様のご意見・ご感想をお待ちしております。
おハガキ・お手紙は以下の宛先にお送りください。

【宛先】
〒150-6008 東京都渋谷区恵比寿 4-20-3 恵比寿ｶﾞｰﾃﾞﾝﾌﾟﾚｲｽﾀﾜｰ 8F
（株）アルファポリス　書籍感想係

メールフォームでのご意見・ご感想は右のＱＲコードから、
あるいは以下のワードで検索をかけてください。

アルファポリス　書籍の感想　検索

ご感想はこちらから

本書は、「アルファポリス」（https://www.alphapolis.co.jp/）に掲載されていたものを、
改題・加筆・改稿のうえ書籍化したものです。

# レベル596の鍛冶《かじ》見習《みなら》い

寺尾友希（てらおゆうき）

2020年6月30日初版発行

編集－矢澤達也・宮坂剛
編集長－太田鉄平
発行者－梶本雄介
発行所－株式会社アルファポリス
〒150-6008 東京都渋谷区恵比寿4-20-3 恵比寿ｶﾞｰﾃﾞﾝﾌﾟﾚｲｽﾀﾜｰ8F
TEL 03-6277-1601（営業）　03-6277-1602（編集）
URL https://www.alphapolis.co.jp/
発売元－株式会社星雲社（共同出版社・流通責任出版社）
〒112-0005東京都文京区水道1-3-30
TEL 03-3868-3275
装丁・本文イラスト－うおのめうろこ
装丁デザイン－AFTERGLOW
印刷－中央精版印刷株式会社

価格はカバーに表示されてあります。
落丁乱丁の場合はアルファポリスまでご連絡ください。
送料は小社負担でお取り替えします。

ISBN978-4-434-27158-8 C0093